書下ろし

白牙《びゃくが》

風烈廻り与力・青柳剣一郎㉔

小杉健治

祥伝社文庫

目次

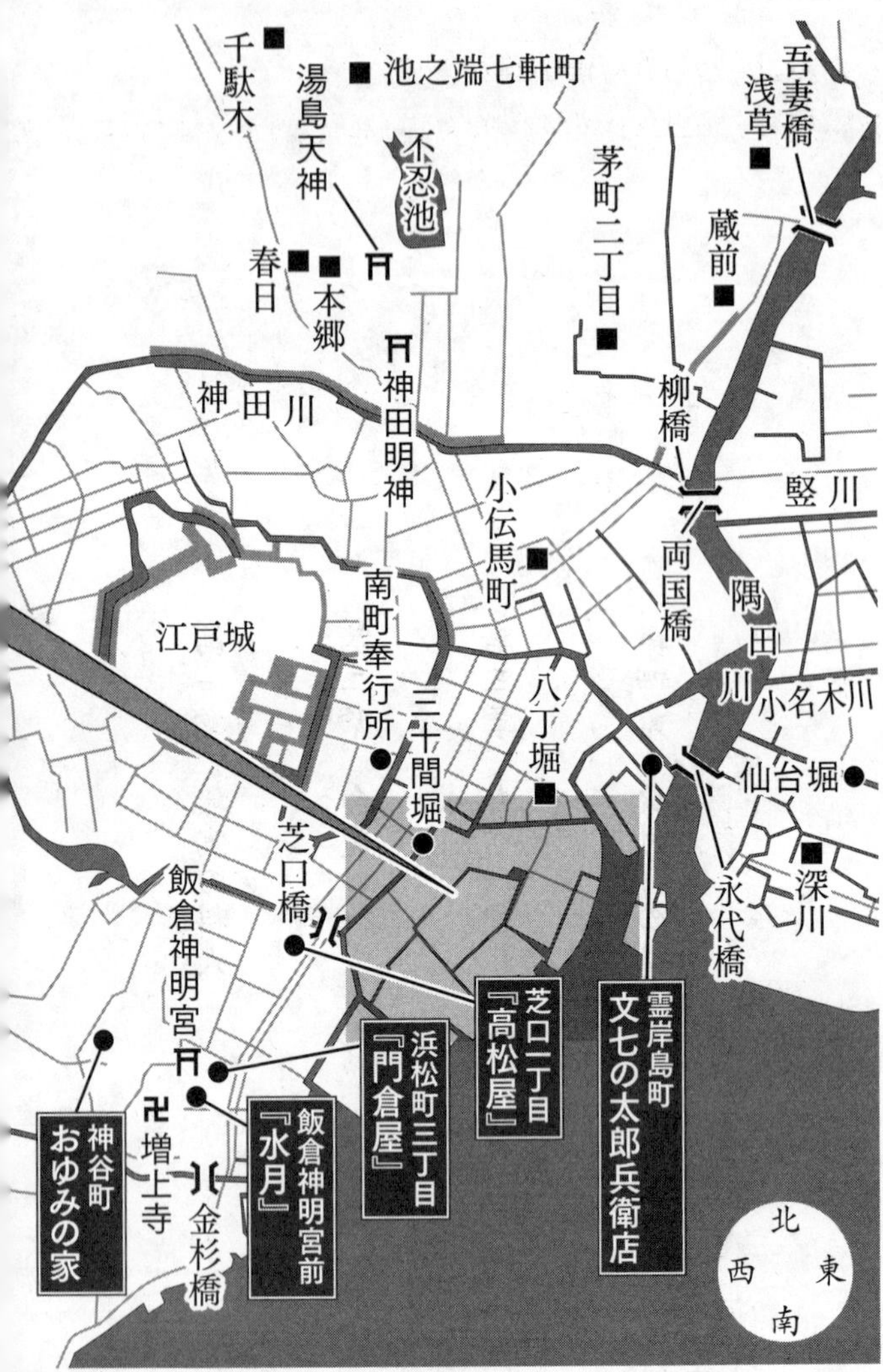

千駄木
池之端七軒町
湯島天神
不忍池
吾妻橋
浅草
茅町二丁目
蔵前
春日
本郷
神田川
神田明神
柳橋
竪川
小伝馬町
両国橋
隅田川
江戸城
南町奉行所
三十間堀
八丁堀
小名木川
仙台堀
芝口橋
深川
永代橋
飯倉神明宮
芝口二丁目『高松屋』
霊岸島町 文七の太郎兵衛店
浜松町三丁目『門倉屋』
飯倉神明宮前『水月』
神谷町 おゆみの家
増上寺
金杉橋
北
西
東
南

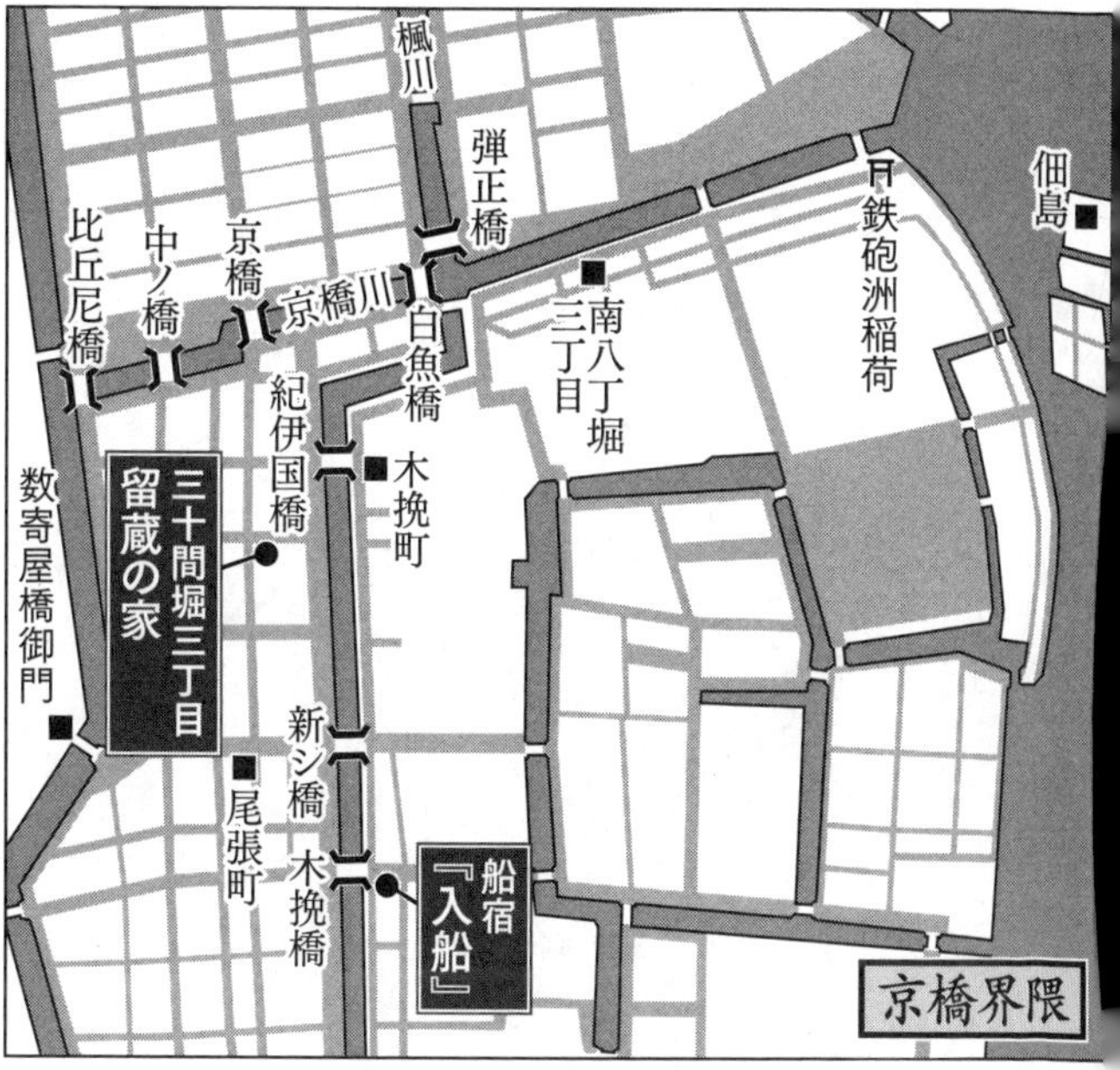
京橋界隈
楓川
弾正橋
鉄砲洲稲荷
佃島
比丘尼橋
中ノ橋
京橋
京橋川
白魚橋
南八丁堀三丁目
紀伊国橋
木挽町
数寄屋橋御門
三十間堀三丁目
留蔵の家
新シ橋
尾張町
木挽橋
船宿『入船』

「白牙」の舞台

第一章　無実の科人《とがにん》

一

冬は深まって来た。今朝も庭は霜《しも》で白くなっていた。大気は冷えきり、目に入る光景も冷たさが感じられる。

風烈廻《ふうれつまわ》り与力青柳剣一郎《あおやぎけんいちろう》は継 裃《つぎがみしも》、平袴《ひらばかま》に無地で茶の肩衣《かたぎぬ》、白足袋《しろたび》に草履《ぞうり》という姿で、槍持《やりもち》、草履取り、挟箱《はさみばこ》持ちを従えて八丁堀《はっちょうぼり》の屋敷を出た。数寄屋《すきや》橋御門内にある南町奉行所に出仕するのだ。

海賊橋《かいぞくばし》を渡り、すぐ左に折れ、楓《もみじ》川沿《がわ》いを足早に進む。剣一郎はこの季節が嫌いではなかった。とくに冬晴れの日の冷気の冷たさは身が引き締まる思いがして心地好かった。

本材木町《ほんざいもくちょう》七丁目辺りに差しかかった時、突然目の前の角から数人の男が飛び出して来て剣一郎の行く手に向かって走って行った。職人体《てい》の男だ。

楓川が京橋川《きようばしがわ》に合流する手前にかかる弾正橋《だんじようばし》の上に大勢の人間がいた。冷たい風が吹きつけるのを厭《いと》わず、みな川を覗《のぞ》いている。さっき走って行った職人体の男も野次馬の仲間に加わっていた。

剣一郎の一行はその場所に近付いた。川を見た。土左衛門のようだ。町内の若い男たちが土左衛門を岸に引き上げていた。岸に岡っ引きの姿も見える。植村京之進《うえむらきようのしん》が手札を与えている与吉《よきち》だ。

土左衛門が岸に引き上げられた。すぐに莚《むしろ》をかぶせられた。まだ、奉行所からは誰も来ていないようだ。

与吉の手下が近付いて来る野次馬を追い払っている。剣一郎は供の者を待たせ、土左衛門のそばに行った。

与吉が気づいて、

「これは青柳さま」

と、剣一郎に挨拶《あいさつ》をした。

「ちょっと見せてもらおうか」

剣一郎は土左衛門に近寄った。

「へい」

与吉が筵をめくった。

剣一郎は合掌してから死体を見た。三十半ばぐらいの四角い顔の男だ。印半纏《しるしばんてん》を着ている。大工のようだ。

「この半纏の屋号から素性はすぐわかるな」

「へい。いま、調べにやります」

そう言い、与吉は自分の手下を呼びつけた。手下は屋号を見てから駆け出して行った。

剣一郎は死体を検《あらた》めた。死後半日ほどだろうか。水は飲んでいないようだ。体を横にした。後頭部に殴られたような跡があった。

「与吉。見てみろ」

剣一郎は与吉に後頭部の傷を見せた。

あっ、と与吉は叫んだ。

「青柳さま。こいつは……」

「殺されてから川に投げ込まれたのだ」

剣一郎は顔をしかめて言った。

そこに着流しに巻羽織《まきばおり》の同心植村京之進が駆けつけて来た。若くして定町廻りになった切れ者である。

「これは青柳さま」

京之進はあわてて挨拶をした。

「出仕の途上に出くわした。京之進、殺しだ」

剣一郎が京之進に傷を見せた。

「棍棒《こんぼう》のようなもので殴られていますね」

しゃがんで傷を見て、京之進が呟《つぶや》くように言った。

「遠くから流れて来たとは思えない。現場はこの近くだろう。痛ましいことだ」

「はい。必ず、この者の無念を晴らしてみせます」

「うむ。頼んだ」

事件の探索は定町廻り同心の役目である。

京之進にあとを任せて剣一郎は再び供を伴い、京橋川沿いの竹河岸《たけがし》を通って奉行所に向かった。

この道順を辿《たど》って二十年も奉行所に通っている。

剣一郎は風烈廻り与力でありながら、年番方与力の宇野清左衛門《うのせいざえもん》から、難事件については定町廻り同心に手を貸すように特命を受けて来た。しかし、それはあくまでも定町廻り同心の手に負えない事件に限ってである。

　しかし、何度も複雑で不可解な事件に遭遇して来た経験から、いま見た死体になんとなくいやな予感を覚えた。

　一見単純そうに思える事件ほど、その裏に大きなもうひとつの事件が隠されていることを経験から知っていた。

　職人が棍棒で後頭部を殴られて殺され川に放り込まれた。傷は一撃だけだ。他に殴られたような痕跡はない。喧嘩《けんか》ではない。しかし、職人が殺されるほどひとから恨《うら》まれるだろうか。もちろん、物盗りではない。物盗りなら、金を持っていそうな商人を襲《おそ》うはずだ。

　いや、考えすぎかもしれない。どうやら、物事の裏を見ようとする仕事柄の悪い癖《くせ》が出たのかもしれない。

　京之進に任せておけばいいのだ。そう思いながら、剣一郎は南町奉行所の小門をくぐった。

　ちょうど、町廻りに出かけるところの風烈廻りの同心礒島源太郎《いそじまげんたろう》と大信田新吾《おおしだしんご》とばったり出会った。土左衛門のことで時間を食い、もう少しですれ違いになるところだった。

風烈廻りの見廻りは、失火や不穏な人間の動きを察知して付け火などを防ぐために行なわれる。強風の吹き荒れる日には剣一郎も同道するが、ほとんどはふたりに任せてある。しかし、その際には、見送ることを心がけているのだ。

「青柳さま。では、出かけて参ります」

年長の礒島源太郎が声をかけた。

「うむ。ごくろう」

剣一郎はふたりを見送った。

玄関から上がり、剣一郎は与力詰所に行った。出仕のときは継裃であるが、勤めは着流しに羽織である。供が担いで来た挟箱から着物を取り出して着替える。

そして、小机の前に向かったとき、使いの者がやって来た。宇野清左衛門が呼んでいるとのことだ。

「あいわかった」

剣一郎は年番方の宇野清左衛門から呼びつけられることが多い。

年番方与力は奉行所全般の取りまとめから金銭面の管理などを行ない、実質的には奉行所内の長である。いかに、お奉行といえど、年番方与力の宇野清左衛門の力なくしては奉行職をこなしていくことは出来ない。そんな清左衛門であるが、何かにつけて剣一郎に相談をする。

その意図はわかっている。清左衛門は剣一郎を自分の後釜《あとがま》に据《す》えたいのだ。剣一郎を頼っている面もあるが、自分が引退したあとの年番方与力の職を剣一郎に託《たく》そうとしている。もちろん、清左衛門はまだまだ奉行所で力を振るうべき人物であり、剣一郎には清左衛門の希望を呑《の》む気はさらさらない。

年番方の部屋に行くと、宇野清左衛門はいつもの厳しい顔で待っていた。

「宇野さま。お呼びにございましょうか」

「うむ」

軽く頷《うなず》いてから、清左衛門は立ち上がり、廊下向かいの小部屋に剣一郎を招じた。

差し向かいになってから、清左衛門が口を開いた。

「寒くなったな。だんだん朝晩の冷え込みがこの老骨にはこたえる」

「何を仰《おつしや》いますか。宇野さまは若い者にも負けておられません。私もまだまだ宇野さまから教わらなければならないことがたくさんあります」

また隠居し、あとを託したいなどと言い出さないように、剣一郎は牽制《けんせい》した。

「青柳どのに教えるようなことなどもうないはずだが」

「とんでもない。まだまだ、多々あります。それに、宇野さまは我らの心の支えでもございますれば」

「そう言っていただくと、ありがたいが」

清左衛門は微《かす》かに口許を綻《ほころ》ばせ、そして少し間を置いてから切り出した。

「じつは剣之助《けんのすけ》のことだが、いろいろ考えた末、剣之助を吟味《ぎんみ》与力に育てて行くべきではないかと思うようになってな」

「吟味与力でございますか」

剣一郎は驚いてきき返した。

「剣之助は腕も立ち、捕物出役の際の働きも見事だった。ものの道理がわかり、何ごとにも動じない強い心の持主だ。そしてなによりも弱者に対する温かい眼差《まなざ》しがある。これこそ、吟味与力に必要とされている資質ではないか」

「それは買いかぶりにございます」

「いや。決して買いかぶりではない。優れた吟味与力を育て上げていくことはわしの役目のひとつ。これから先のことを考えて、いまから剣之助を育てて行きたい」

罪人を取り調べる吟味方は与力の中でも年番方に次ぐ華の掛かりである。吟味方は人情の機微《きび》をつかんでいないと務まらないといわれているように、世事に明るく、相手の心を読み解く才能も必要な難しい役である。

「剣之助ならこの先、よき吟味方になろう。さっそく、見習いとして、橋尾左門《はしおさもん》について吟味に立ち合ってもらう」

「ありがたき仕合わせなれど……」

剣一郎が戸惑《とまど》ったのは、自分の伜《せがれ》だからという配慮が働いているのではないかという不安だった。

「あいや。青柳どの。何も青柳どのの子息だからではない。その点はなにぶんにも誤解のないように。それに、これは長谷川《はせがわ》どのの意向でもある」

「長谷川さまの？」

内与力の長谷川四郎兵衛《しろべえ》はもともとの奉行所の与力でなく、お奉行が赴任と同時に連れて来た自分の家臣である。

お奉行の威光《いこう》を笠に着て、ことに剣一郎に対しては敵対心を抱き、何かと突っかかってくることが多い。それなのに、剣之助のことは気に入っているようなのだ。いったい、どうして剣之助を気に入っているのか、剣一郎にはわからなかった。

「まあ、しばらく吟味方見習い与力ということになるが、吟味には立ち合い、いろいろ覚えてもらおう」

清左衛門は満足そうに頷き、

「すでに剣之助には伝えた。さっそく橋尾左門が受け持つ吟味から立ち合ってもらうようになる」

「はっ。どうぞよろしくお願い申し上げます」

剣一郎は頭を下げた。

「ところで、るいどののほうはどうだ?」

清左衛門がいきなり、娘のるいに話題を移した。

「どうと申されますと?」

剣一郎は縁談のことだと気づきながらとぼけてきき返した。

「縁談じゃ。じつはわしのところにも、ぜひるいどのをという話が……」

「宇野さま。その儀なれば、私にはとんと」

「そうか。多恵《たえ》どのに任せきりか。わかる、わかる、そなたの気持ち」

「はあ」

剣一郎はるいの縁談話には耳を塞《ふさ》ぐようにしていた。るいももう嫁に行ってもいい年齢だ。だから、覚悟はしているものの、その話は聞きたくないのだ。

「この話はうちの奴から多恵どのにしよう」

それはおやめくださいと、喉元《のどもと》まで出かかった。

「そうそう。青柳どのに伝えておかねばならぬことがもう一つあった」

ふいに、清左衛門がまた話題を変えた。

「なんでございましょうか」

「三年前、高月杢太郎《こうづきもくたろう》という旗本が朋輩《ほうばい》の室田荘四郎《むろたそうしろう》の妻女に横恋慕《よこれんぼ》したあげく、室田荘四郎を斬殺し、逐電《ちくでん》したという事件を、もちろん覚えておろう。そなたが、妻女を助けたのだからな」

「はい。確か、高月杢太郎は箱根《はこね》山中で自害していたのが一年前に見つかったのでしたね」

高月杢太郎は三百俵の西丸《にしのまる》書院番士であり、当時二十九歳。室田荘四郎は三十一歳。妻女美津《みつ》は美貌《びぼう》の誉《ほま》れが高かった。

西丸は隠居した将軍や世継ぎの居所であり、書院番はその警護に当たる格の高い役職である。

高月杢太郎は用もないのにしょっちゅう荘四郎の屋敷に遊びに行っていた。美津目当てであることは明白だった。ときには、荘四郎の目の前で美津に言い寄ることもあったという。そんな杢太郎を薄気味悪く思った荘四郎は杢太郎に屋敷への出入りを差し止めた。

事件が起きたのは三年前の三月十三日の夜だった。五つ（午後八時）に杢太郎は荘四郎の屋敷を訪ねた。家来が拒否するのも構わず、座敷に上がり込み、美津を探した。荘四郎が出て来て咎《とが》め、そこで言い合いになった。すると、いきなり抜刀して荘四郎を斬り、さらに逃げる美津を追いかけた。

たまたま、剣一郎が屋敷の前を通りかかった。門から飛び出して来た下男の訴えで剣一郎は屋敷に駆け込み、間一髪のところで美津を助けた。

杢太郎はそのまま出奔した。それから二年経った一年前に箱根山中で白骨化した武士の死体が見つかった。抜き身の脇差《わきざし》を手にした恰好だったという。朽《く》ちかけた着物の紋《もん》、刀や印籠《いんろう》、財布などの持ち物から高月杢太郎だとわかったのだ。

「そうだ。高月杢太郎はとうに死んでおった。最初から、美津どのを殺し、自分も死ぬつもりだったようだ」

「やりきれない事件でした」

剣一郎は感慨深げに呟いた。

「おそらく、江戸を出奔し、箱根まで行き、自害したのであろう」

「それにしても、二年もの間よく見つからなかったものです」

「ひとの踏み込まない場所だったようだ。それが、たまたま道に迷った旅人が偶然に見つけ、箱根関所の役人に届けたというわけだ」

「で、そのことが何か」

「じつは、きのう美津どのが奉行所に来られたのだ。このたび、再婚することになったそうで、その挨拶に」

「再婚ですか」

「うむ。高月杢太郎の死が確認されて、ようやくけじめをつけることが出来たという。杢太郎の生死がわからぬうちはいつまた現れるかもしれないと落ち着かない日々を過ごしていたそうだ。杢太郎が亡くなったことを知って一年経ち、やっと心が晴れた。それで、再婚を決意されたという」

「そうでしたか。それはようございました。荘四郎どのがお亡くなりになり、実家にお帰りになったと聞いておりましたが、あのように若くお美しいお方ならば再婚話はたくさんあるでしょう。なれど、気持ちの踏ん切りがおつきになるだろうかと気にしておりました」

「青柳どのに会いたがっていた。もし、時間があれば、訪れて差しあげたらいかがか」

「はあ。で、再婚のお相手は？」

剣一郎は話を逸《そ》らすようにきいた。

「亡くなった荘四郎どのの上役にあたる書院番組頭の幸田安右衛門《こうだやすえもん》どのだそうだ。幸田どのも二年前に妻女を病気で亡くされているという」

「そうでございますか。なによりのことでございます」

事件の夜、夫の亡骸《なきがら》を前に茫然自失《ぼうぜんじしつ》としていた美津の姿を思い出す。その後はしばらく、美津から笑顔が消えていたようだが、これで再び仕合わせを手に入れられるだろう。

剣一郎は自分が多少なりとも関わった縁から、美津の再婚を心より祝福したいと思った。

「青柳どのにはまた日を改めてお礼に伺うとのことだった」

「なにも、そこまですることもありませんのに。義理堅いことで」

「いや。美津どのは申しておった。高月杢太郎に襲われたとき助けてもらったこと以上に、夫を亡くして生きる気力を失っていたときに力づけてもらったことを感謝していると」

「そうですか」

後を追って自害しかねない危うさが美津にはあった。それで、事件後も何度か美津を見舞いがてら力づけてやったのだ。

清左衛門には話していないが、美津が短刀を喉に突き刺そうとしたのを、たまたま訪れた剣一郎が止めたことがあった。美津はそのことを言っているのだろう。

美津は美しい女性だった。不謹慎ながら、杢太郎が狂うのもわからないではなかった。

剣一郎が親身になったのも、その美貌に惹かれてのこと、というのも否定出来なかった。

いつぞや美津は剣一郎の胸にすがって泣いたことがあった。美津の口から漏れた言葉をいまでも忘れない。

「剣一郎さま。私を助けて。私をどうにかして」

武家の妻女ではなく、ひとりの女の叫びだった。もし、剣一郎がその気になったら、美津はすべてを剣一郎に捧げただろう。

あのとき、剣一郎の心が揺れ動いたのは事実だ。あのとき、心が負けていたら、いまごろどうなっていただろうか。

ふと、剣一郎は感傷的な気分になっていた。

その夜、屋敷で夕餉《ゆうげ》を取り終えたあと、居間で剣之助と対座した。

「今後は吟味方としてお勤めに励むそうだの」

剣一郎は声をかけた。

「はい。身の引き締まる思いにございます」

「うむ。よく、吟味与力は世間からは鬼与力といわれているようだ。真実の追及には鬼のような力が必要だが、吟味を受ける人間にとって鬼であってはならぬ。いってみれば、血も涙もある鬼になれ」

「はっ」

「よいか。吟味違いだけは許されぬ。確かな証《あかし》もなしに、疑わしいというだけで下手人を決めつけるようなやり方は御法度《ごはっと》だと自らに言い聞かせよ」

「はい。その言葉。胆《きも》に銘《めい》じて」

剣之助は力強く答えた。

「うむ」

妻女の多恵が入って来た。

「植村さまがお出でです」

「よし。ここに通せ」

「はい」

多恵が玄関に向かった。

「では、私はこれで」

「うむ」

剣之助と入れ代わるように、京之進が入って来た。

わざわざ、屋敷まで報告に来たことに、剣一郎は不審を持った。やはりあの土左衛門にはただならぬ曰《いわ》くがあったのだろうか。

与力になりたての頃、剣一郎は押し込み事件に遭遇したことがあった。そのとき、剣一郎は押し込み犯の中に無謀にも単身で乗りこみ、賊を全員退治した。

そのときに受けた傷が青痣《あおあざ》となって残ったが、それは勇気と強さの象徴としてとらえられた。いつしか、人びとは剣一郎を青痣与力と讃《たた》えるようになった。

奉行所の中でも若手からは剣一郎は畏敬《いけい》の念を持って見られるようになったが、中でも、この京之進ほど剣一郎を崇《あが》めている者はいなかった。

「今朝方のホトケの身許がわかりました」

京之進はさっそくに報告した。

「ホトケは三十間堀《さんじっけんぼり》三丁目に住む大工の留蔵《とめぞう》という男です。三十五歳。独《ひと》り身です。

最近は、南八丁堀三丁目の普請場《ふしんば》に通っていたそうです。きのうは、暮六つ（午後六時）には普請場から帰っています」

京之進はさらに続けた。

「どうやら、留蔵はいったん長屋に帰ったあと、何者かに誘い出されて現場近くまでやって来たものと思われます」

「誘い出された？」

「長屋の住人にきくと、男が訪ねて来たと言ってました」

「男？」

「ただ、隣の部屋の者が男の声を聞いただけで、姿を見ていたわけではありません」

「そうか」

「留蔵は酒癖がよくなかったそうです。酔うとひとに絡むことがあったと。ひとりで酒を呑んで、たちの悪い男と喧嘩になったのかもしれないと、朋輩のひとりは言ってました。しかし」

京之進は続けた。

「行きつけの呑み屋や一膳飯屋《いちぜんめし》に当たりましたが、留蔵はゆうべは来なかったと言ってました」

「酒を呑んでない可能性が強いか」

「はい。酒癖は悪くてもふだんは気のよい男で、ひとの恨みを買うような男ではないというのが大方の意見でした」

「妙だな」

「ただ、ちょっと気になることが」

「気になること？」

剣一郎は胸騒ぎがした。

「じつは、先月の二十六日に芝口《しばぐち》一丁目で起きた事件に留蔵が……」

それは剣之助が吟味方として立ち合うことになっていた事件だった。

二

十一月九日。剣之助は吟味方詰所の隣にある詮議所の座敷にいた。

吟味与力橋尾左門が座敷の中央に座り、そこから八の字形に助役の与力や物書同心がそれぞれの位置に座り、見習い与力の剣之助は廊下に近い場所に控えている。

白州の莚の上に二十六歳の忠助《ちゆうすけ》という男が座っている。月代《さかやき》が伸び、口のまわりに無精髭《ぶしょうひげ》。薄汚い印象だが、澄んだ目をしていて、おとなしそうな感じだ。

きょうが二度めの取調べだ。前回、左門は忠助の罪状を問いただした。それに対して、忠助はまったく身に覚えのないことだと答えた。

きょうは関係者を呼んでの調べとなった。剣之助は粛然《しゅくぜん》と座り、左門の口が開くのを待った。

「高松屋太兵衛《たかまつやたへえ》の弟忠助に関わる殺し並びに付け火につき詮議を行なう。では、『高松屋』の番頭与兵衛《よへえ》をこれへ」

橋尾左門が声をかけると、白州入口から同心に連れられて三十半ばぐらいの細身の渋い顔立ちの男が入って来た。

吟味与力に一礼をし、莚に座っている男から少し離れたところに腰を下ろした。

「『高松屋』の番頭与兵衛であるな」

左門が確かめた。

「はい。与兵衛にございます」

与兵衛は少し緊張した声で答えた。

「そなたは『高松屋』に奉公して何年になる?」

「十三歳で丁稚《でっち》奉公に上がってから二十二年になります」

『高松屋』は芝口一丁目にある蠟燭問屋《ろうそく》である。増上寺《ぞうじょうじ》やその周辺の寺、さらにその界隈《かいわい》の大名、旗本屋敷に蠟燭を納めている老舗《しにせ》である。

「さて、与兵衛。そこに控える者を知っているか」

莚に座っている男を見た。

「はい。旦那さまの腹違いの弟の忠助さんでございます」

旦那とは『高松屋』の主人太兵衛のことである。

「先代の高松屋が外の女に産ませた子だな」

左門が確かめる。

「さようでございます」

「いわゆる妾《めかけ》の子ということになるが、なぜ、その忠助が『高松屋』で暮らすようになったのだ？」

このことは前回の吟味のときに忠助にきいている。与兵衛にも同じ質問をしたのだ。

「先代、いえ大旦那さまが一年前に亡くなるとき、忠助のことを頼むと言い残したと伺っています。旦那さまはその言いつけを守って忠助さんを高松屋に迎えたのでございます」

「忠助の存在を、太兵衛はそれ以前から知っていたのか」

「知っていたようです」

「その頃、忠助は何をしていたのか」

「行商をやりながら病気の母親の面倒をみて暮らしていたと聞いています。大旦那さまが行く末を心配なさって旦那さまに頼んだのだと思います」

「忠助が『高松屋』に来たのはいつだ?」

「今年の二月でございます。母親が病死したあと、店にやって来ました」

「九ヵ月ほど前だな。忠助は『高松屋』では何をしていたのだ?」

「主に、荷の運搬でございます。大八車で届いた荷を土蔵に運んだり、また土蔵から運び出したりということをしていました」

ここまでは、忠助と与兵衛の答えはほぼ一致していた。

「商売には直接触れさせなかったのか」

「はい。旦那さまは身内だからといって特別扱いはしませんでした。住む部屋も、物置小屋を手直しして、そこで寝泊まりをさせていました」

「なに、物置小屋とな」

左門は口調を変えた。

「はい。さようにございます」

「それは、なぜか」

「はあ」

与兵衛はちらっと忠助のほうに目をやってから、

「やはり、信用していなかったのではないかと。同じ母屋《おもや》で暮らすのは憚《はばか》られたのでしょう」

と、言いにくそうに言った。

そのとき、忠助が与兵衛を睨《にら》み付けた。恨みのこもった目だ。

「働きぶりはいかがであった？」

「はい。与えられたことは一所懸命にやっていたようですが、いつも険《けわ》しい顔で何か不満があるような態度が垣間《かいま》見えました」

「不満というのは？」

「旦那さまに対してです。旦那さまは身内としてではなく奉公人のひとりとして忠助さんを見ていたようです。そのことに、不満を持っていたのだと思います」

与兵衛は忠助を気にしながら答えた。

何か言いたそうだが、忠助は堪《こら》えているようだった。この場で何を言っても無駄だと諦《あきら》めているのかもしれない。

「何か、そのようなことはあったのか」

「はい。何度か、旦那さまと忠助さんが言い合いになっているのを見かけたことがあります」

「話の内容はわかるか」

「はい。不満があるなら出て行けと、旦那さまが怒鳴っているのを聞いたことがございます」

忠助はいやいやをするように首を横に振っている。与兵衛の言葉を否定しているのだ。

「それはいつごろだ?」

「たびたびです」

「もっとも新しいところではいつだ?」

「事件が起こる数日前だったと思います」

「なにをもめていたのか」

「はあ」

「知っていることをつぶさに申してみよ」

「わかりました」

与兵衛は顔を上げて、

「忠助さんは、よく夜に小屋を脱けだし、裏口から外出していました。たいてい、朝方帰ってきました。このことで、旦那さまはよく叱っておられました。そのときも、そのことではなかったかと思います」

と、はっきりと訴えた。

忠助の口が微《かす》かに開いた。嘘だと言ったような気がした。

「それから……」

与兵衛が言いさした。

「旦那さまのお金がときたまなくなっていたことがありました」

「どういうことだ?」

「はい。いつかは旦那さまの居間に置いてあった三十両がなくなっていました。外から誰かが入って来ることはありえません。ですから、内部の人間の仕業《しわざ》だと思っていました」

「そなたは誰が盗んだと思っているのだ?」

「私は……」

「与兵衛。思ったままを言うてみろ」

「はい。私は一度、忠助さんが母屋の廊下から庭に出て行くのを見たことがございます。ただ、私は出て来たのを見ただけで、盗んだところを見たわけではありません」

「そのことを太兵衛に話したことはあるのか」

「はい。お話ししました。もちろん、忠助さんが盗んだとは言ってはいません。ただ、目にした事実だけをお話し申し上げました」

「太兵衛はどうした？」

「何も仰いませんでしたが、顔色を変えられました」

左門は間をとってから、

「さて、事件の夜のことだが、そなたが店を出たのは何刻だ？」

と、次の質問に移った。

「あの夜もいつものように五つ（午後八時）過ぎに店を出ました」

与兵衛は一昨年から店を出て露月町《ろうげつちょう》の裏長屋に部屋を借り、そこから通っていた。

「裏口の戸締りは誰が確かめるのか」

「はい。いつも帰る前に私が確かめますが、五つ半（午後九時）に手代《てだい》の角吉《つのきち》がもう一度戸締りを確かめています」

与兵衛の言うように、そのあと手代の角吉が裏口を確かめている。鍵《かぎ》はかかっていたと答えている。

「引き上げるとき、忠助はどうしていた？」

「小屋の明かりが漏れていましたから小屋にいるのだと思いました」

「そなたはまっすぐ長屋に帰ったのか」

左門がきく。

「はい。四半刻（三十分）後には長屋に帰っておりました」

「で、事件を知ったのは？」

「半鐘《はんしよう》の音で。まさか、あんなことになっていたとは思いもよりませんでした」

与兵衛は嗚咽《おえつ》をこらえた。

「忠助に何か言いたいことはあるか」

「私は忠助さんに同情をしていました。いくら腹違いとはいえ、旦那さまはじつの弟に対して、仕打ちが酷《ひど》すぎると思っておりました。でも、あのようなことは許せません」

与兵衛は震《ふる》える声で叫ぶように言った。

「ごくろうであった」

「はい」

一礼し、与兵衛はお白州から引き上げた。

剣之助は忠助を見た。忠助は悄然《しょうぜん》としている。観念したためか、それとも……。

派手な顔立ちの女が、さっきまで与兵衛がいた場所に腰を下ろした。

「飯倉神明宮《いいくらしんめいぐう》前にある『水月《すいげつ》』の女中おたみに相違ないか」

左門が確かめた。

「はい。おたみでございます」

目鼻だちがくっきりし、口も大きい。が、受け口で色気に溢《あふ》れている感じだった。

襟《えり》を抜いた着こなしが板についている。

「そこにいる男を知っているか」

おたみは忠助に目をやり、それから、座敷のほうに顔を戻した。

「はい。忠助さんです」

あっさり答えた。

「どうして知っているのか?」

「私の馴染《なじ》みでしたから」

「よく来るのか」

「はい、来てくれました。でも、最近はお店の外で会うことが多くなりました」

「店の外というと？」

「言うんですかえ」

ちょっと照れたような顔をして、

「出合茶屋ですよ」

と、おたみは答えた。

「お店が終わったあと、出合茶屋で落ち合うんです」

「お金はどっちが払うのか」

「もちろん忠助さんです。『高松屋』の旦那の弟だから金回りがいいんですよ」

「そんなに金回りがよかったのか」

「はい。いつも一両小判が懐《ふところ》に入ってました」

「そなたたちは夫婦約束をしたのか」

「いいえ。忠助さんからはせっつかれましたけど」

「その気にならなかったのだな」

「はい」

「なぜだ？　金回りのいい男なら申し分はないではないか」

「ええ、いずれ、出店を持たせてもらって、私がお内儀になれるなら考えたかもしれませんが、どうもそうではないようだし」

「そうではないと言うと？」

「兄弟仲がうまくいっていないみたいで、酔《あ》うと、高松屋さんのことを悪しざまに言ってましたから」

「どのようなことを言っていたのだ？」

「兄貴は俺のほうが商才があるのに気づいて、だんだん潰《つぶ》しにかかろうとしている。このままでは、いつか追い出されるかもしれないって」

「そんな扱いを受けているのに、忠助の金回りはよかったのか」

「ええ。それが不思議でした」

おたみはわざとらしく目をぱちくりさせた。

「最後に忠助と会ったのはいつだ？」

「事件のふつか前ぐらいだったと思います」

「そのときの様子はどうだった？」

「だいぶ荒れてました」

「どのように？」

「兄貴さえいなければと」

「いなければ、なんだと言ったのだ？」

「『高松屋』の主人になれるのにという意味だと思っていましたが、そうではないようでした。お金のことで何か言われたんじゃないかしら。もしかしたら、お店の金を使い込んでいたのが兄さんにばれたんじゃないかしら」

　おたみは小首を傾げながらもはっきり言った。

「そのことを、忠助に確かめなかったのか」

「はい。なんだか思い詰めた様子だったので。そうそう、このままじゃ、もうおまえに会えなくなるなんてことも言っていました」

　剣之助は莚の上の忠助を見た。忠助は苦痛に歪《ゆが》んだ顔でいやいやするように首を横に振った。

「おたみ。ご苦労であった。下がってよい」

「はい」

　おたみは忠助を見ようともせずに白州から去って行った。

　続いて、入って来たのは『高松屋』の主人太兵衛の叔父《おじ》にあたる作兵衛《さくべえ》である。つまり、先代の弟になる。尾張町《おわりちょう》で瀬戸物屋をやっている。

本人であることを確かめてから、左門がきいた。

「そのほうは太兵衛に腹違いの弟がいることを知っていたのか」

「はい。兄に頼まれて、身ごもった妾に子どもを堕《お》ろすように説き伏せに行きましたから」

「最初は堕ろさせようとしたのか」

「はい。でも、妾は拒《こば》みました。兄に決して迷惑をかけないというので、私は逆に兄を説き伏せ、子どもを産ませました」

「で、忠助が生まれたあと、先代は母子の面倒を見続けたのか」

「はい。しばらくはそうでした。でも、兄嫁の知るところとなって、手切れ金を渡されて別れることになりました。そのとき、『高松屋』とは一切関わりないという一札を入れさせました」

「それは忠助がいくつのときだ?」

「十歳ぐらいだったと思います」

「では、それから去年まで、まったくつきあいはなかったのか」

「いえ、三年前に兄嫁が亡くなったあと、兄はときたま会いに行っていたようです」

「太兵衛が弟がいることを知ったのはいつなのだ?」

「兄嫁が亡くなってしばらくしてから、兄は忠助のことを太兵衛に打ち明けたようです」

「忠助が『高松屋』に入るようになったきっかけは、先代が一年前に亡くなるとき、忠助のことを頼むと言い残したということであったが？」

「確かに、兄はそう言い残しました。でも、太兵衛が忠助を『高松屋』で働かせるようになったのは、忠助が自分の役に立ってくれるという期待からだと思います」

「期待？」

「はい。数年前に浜松町《はままつちょう》三丁目で店を開いた『門倉屋《かどくらや》』という蠟燭問屋が安売りなどで『高松屋』の客を奪うようになっていたのです。そのことに危機感を持った太兵衛は『門倉屋』に対抗するために忠助を利用しようとしたのだと思いました」

「利用とは？」

「まず、用心棒的な役割です」

「用心棒とな」

「『門倉屋』の主人の佐太郎《さたろう》というひとは相当な遣《や》り手《て》で、贈物を渡したり、料理屋で接待したりと、目的のためなら手段を選ばない男のようでした。その対抗のために自分の手足となる人間をそばに置きたかったのだと思います」

「で、『門倉屋』のために『高松屋』は影響を受けたのか」

「はい。相当影響を受けたようですが、今年になって佐太郎さんが暴漢に襲われ、大《お》怪我《けが》を負ったのです。それ以来、『門倉屋』はじり貧で」

「それはいつごろのことか」

「五月半ばごろだったと思います。まだ、両国《りょうごく》の川開きが行なわれる前でした」

「で、暴漢は?」

「さあ、たぶんわからずじまいだったと思います」

「そうか」

『門倉屋』の話ははじめて出た。

「ところで、忠助は物置小屋に住んでいたそうだが、なぜそのようなところに住まわせたのか」

「太兵衛が言うにはおひさに言われたからだと言ってました」

「なに、嫁のおひさが?」

「はい。太兵衛が腹違いの弟を迎え入れるとおひさに告げたところ、おひさは依怙贔《えこひい》屓《き》をすると、ほかの奉公人に示しがつかないからと進言したそうです」

この点は、番頭の与兵衛の話と食い違っているようだ。与兵衛は、太兵衛がわざと物置小屋に追いやったようなことを言っていた。

　いずれに真偽があるのか、剣之助は慎重に考えねばならないと思った。

「しかし、太兵衛もおひさの言うとおりにしたのは、やはり依怙贔屓という不満を持たれないようにしたのか」

「そうだと思います」

「だが、忠助を物置小屋に住まわせるだけでなく、仕事も荷物運びばかりと、かなり冷遇しているように思えるが？」

「私もそのことは気になって、太兵衛を問いただしたことがあります。でも、太兵衛はそれでいいのだととりあいませんでした」

　作兵衛は表情を曇《くも》らせた。

「このたびの事件、そなたはどう思うか」

「私には信じられません。忠助があんなことをしたとは思えないのです。いまでも、何かの間違いだったのではないかと」

「あいわかった。ごくろうであった」

　作兵衛が引き下がった。

　続いて、登場したのは亡くなった太兵衛の内儀のおひさだった。鼻筋の通った美しい顔立ちの女である。三十近いのに、二十二、三歳にしか見えない。それでいて、成熟した女の色気を醸《かも》しだしていた。

「そのほうは、忠助を『高松屋』に引き取ることについてどう思っていたのか」

左門が切り出した。

「どう思うも何も、忠助さんを『高松屋』で働かせるように夫太兵衛に進言したのは私でございます」

まだ、哀しみが癒《い》えないように、沈んだ声で答えた。

「なに、そなたが進言したと？」

「はい。さようにございます」

「詳しく話してみよ」

「はい。自分には腹違いの弟がいると、太兵衛から聞かされました。病気の母親の面倒を見ながら行商をして生計を立てていると聞いて同情しました。太兵衛は引き取る謂《いわ》れはないと言っていたのですが、先代の遺言のような言葉もあって、私の進言どおりにしてくれました」

おひさはときどき声を詰まらせながら答えた。

「太兵衛は喜んで進言を聞き入れたのか。それとも仕方なくか」

「どちらかというと、いやいやながらという感じでした。だから、忠助さんを物置小屋に住まわせたり、仕事は荷物運びばかりさせたのです。まるで、下働きのように。やはり、腹違いの兄弟というのはうまくいかないのかと思いました」

「物置小屋に住まわせたり、仕事は荷物運びばかりさせたりしたのは、そなたが太兵衛にそうしたほうがいいと言ったのではないのか」

「とんでもない。私は忠助さんに同情していましたから」

叔父の作兵衛と話が違っている。

「太兵衛が忠助に冷たく接していたのか」

左門は確かめた。

「はい。太兵衛は忠助を常に妾の子という目で見ていたようです。私は、何度かたしなめたのですが、太兵衛は聞く耳を持ちませんでした」

おひさは平然と言った。最初の頃の哀しみを引きずっているような雰囲気はもうなかった。

「さて、事件の夜だが、そなたは実家に帰っているな」

「はい。中風で寝ている父の見舞いに」

「よく帰るのか」

「いえ、一年ぶりです」

「実家はどこだ？」

「本郷四丁目にございます」

「いつも泊まって行くのか」

「いいえ。あの夜は珍しくゆっくりして来ると太兵衛が言うので」

「そなたの留守中に事件が起きたわけだが、忠助はそなたが実家に泊まってくること
を知っていたのか」

「はい。昼過ぎに出かけるとき、忠助に会いました。一晩泊まってくるので、うちの
ことを頼みますと言い残して行きましたから」

「なぜ、忠助にそのようなことを言ったのか」

「いちおう、太兵衛の弟ですから」

「太兵衛は忠助にはふつうの奉公人と同じような扱いをしていたのではないか。その
ことを知っていながら、うちのことを頼みますと言い残したのか」

「はい。私の中では、忠助さんは太兵衛の弟という思いが強いですから」

「事件を知ったのはいつだな」

「次の日の昼ごろ、家に帰り着いてです。あまりのことに気を失いかけました」

　おひさは身をすくめ、涙ぐんだ。

「忠助のことをどう思うか」

「憎いと思います。でも、もう少し、太兵衛が忠助さんにやさしくしてやっていたら、このようなことにならなかったと思うと悔しくてなりません」

　おひさは涙ながらに語った。

　おひさが引き上げたあと、左門は忠助に声をかけた。

「忠助。これまで番頭与兵衛、料理屋のおたみ、叔父作兵衛、太兵衛の妻女おひさの四人の言葉を聞いてきたが、それに対して何か言いたいことはあるか」

「はい。言いたいことはすでに言いました。この場で、いくら私がまたくり返して言っても言い逃れとしか思われないはずです」

「言いたいことはないと申すか」

「正直、お吟味によって真実が明らかになるとは思えません」

　忠助は抗議をするように言った。

「なぜ、諦めるのだ？　そなたの訴えがまことならば、必ず真実が明らかになるのではないか」

　左門は説いた。

「いえ。私は牢に閉じ込められて、はじめてはめられたことに気づきました。これは仕組まれたことであり、私には太刀打ちできません。また、何のためにはめられたのかも何もわからないのです。私の訴えが届くとは思えません。このような理不尽なことが罷《まか》り通る世の中に生きていたいとは思いません。幸いなことに、私が死んでも泣く者もおりません。こうなったら、一刻も早く死罪にしていただきとうございます」

忠助はうなだれるように頭を下げた。

剣之助は忠助に声をかけたかった。だが、見習いの剣之助にはそのようなことをできる立場にはなかった。

三

事件が起きたのは十月二十六日の夜四つ（午後十時）前である。

朝には晴れ間が覗いていたが、午後から風が出て来、黒い雲が低く立ち込めていた。風は夜になって弱まった。

まず、最初に火の手を発見したのが、『め組』の火《ひ》の見櫓《みやぐら》の見張り番だったことも運がよかったのかもしれない。

すぐに早半鐘が鳴った。『高松屋』から炎が上がったのを芝口一丁目の自身番が気づいたとき、すでに『め組』の鳶口《とびぐち》を持った火消が纏《まとい》持ち、梯子《はしご》持ちと共に『高松屋』に向かっていた。

さらに、運がよかったのはその頃から雨が降り出したことだった。

現場に到着した刺し子半纏の火消は、燃えている母屋の周辺の塀や物置小屋などを鳶口で壊していった。

奉行所から火事場掛かり与力や同心が駆けつけたときには火事はほとんど鎮火していた。隣家への類焼はなかった。

命からがら店を飛び出した手代や女中ら奉公人は少し離れた場所に集められた。二十名近くいる。だが、出火が寝入りばなだったために逃げ遅れた可能性もあり、人数を調べると何人かの姿が見当たらなかった。

この界隈を縄張りとしている定町廻り同心の佐々木《ささき》竜蔵《りゆうぞう》が行方不明の者を確かめている間、他の火事場掛かり与力や同心は火の元を糾《ただ》すために町火消を伴い、燃え落ちた母屋に入って行った。

雨が焼け落ちた屋根に打ちつけていた。そんな雨の中で、瓦礫《がれき》をどかす作業が続けられ、やがて主人の部屋と思われる場所から焼死体が見つかった。

しかし、顔の判別は出来た。主人の太兵衛であることが奉公人によってわかった。検死した与力は、遺体の胸に刺し傷を見つけた。与力はすぐに定町廻り同心の佐々木竜蔵を呼んだ。

佐々木竜蔵は心の臓を一突きされていることから殺しだと判断した。自分で刃物を胸に刺したのではない。周辺から刃物も見つからなかった。

さらに、火の気のない部屋から出火しており、付け火である可能性が出て来た。

そこに、通い番頭の与兵衛が駆けつけてきた。与兵衛は五つ過ぎに店を出て、露月町の長屋に帰った。寝床に入ったとき、半鐘が鳴り、外に出てみると、店のほうに煙が見えた。

それで、気になってかけつけたということだった。

与兵衛は太兵衛の焼死体と対面した。

「旦那さま」

与兵衛は泣き崩れた。

「内儀はどうした?」

与兵衛が落ち着くのを待って、佐々木竜蔵はきいた。

「内儀さんは今夜は実家に行っています」

「では、無事なのだな。あと、姿の見えない者はおるか」

「さっき皆に会って来ましたが、全員無事だと……」

与兵衛は途中で言葉を切った。

「あっ、忠助さんは？」

与兵衛は顔をしかめ、

「忠助さんがいません」

と、焦ったような声を出した。

「忠助とは？」

「旦那さまの弟でございます。いつも、物置小屋を改造した部屋で寝泊まりしています。もしや」

佐々木竜蔵は現場に行った。物置小屋も焼失していた。忠助を探すために、さらに付近の瓦礫をどかしはじめた。雨は止《や》んだが、夜のため作業は困難を極めた。それでも、火消連中がなんとか調べたが、忠助を見つけることは出来なかった。

翌日は朝から陽光が射していた。

朝早くから、火消や町内の男衆が焼跡の瓦礫を片づけていた。佐々木竜蔵はその様子を見張っていた。

きのうは見つからなかったが、別の場所で忠助が下敷きになっているかもしれないからだ。

だが、番頭の与兵衛がひとりの若い男を引き連れてやって来た。

「佐々木さま。忠助が戻って参りました」

「おう、無事だったか」

佐々木竜蔵は安堵した。

「これで、太兵衛以外の全員の無事が確認されたのだな」

「ひょっとして、兄さん、いえ旦那さまは？」

忠助が驚いたようにきいた。

「殺された」

「殺された？」

忠助は呆然としていた。

「いままで、どこに行っていたのだ？」

佐々木竜蔵はきいた。

「死んだおっかさんの知り合いの使いのひとに呼び出されて鉄砲洲稲荷《てっぽうずいなり》に行ったんで

す。四つに待っているというので」

「四つに鉄砲洲稲荷だと？　そんな遅い時間にか」

「はい。旦那さまに内密なことだというので。それに、昔、おっかさんとその近くに住んでいたんです」

「それで、会えたのか」

「いえ。妙なんです。ずっと待っていたんですが、それらしきひとは現れませんでした。諦めて引き上げようと思いましたが、もう町木戸は閉まっています。仕方ないので、社殿の下で野宿していたら、明るくなって帰って来たんです。そしたらこんなことになっていて」

　忠助は力のない声でいう。

「死んだおっかさんの知り合いというのに心当たりはあるのか」

「いえ」

　佐々木竜蔵は疑わしく忠助の顔色を窺《うかが》った。嘘をついているかもしれない。

「おかしいとは思わなかったのか」

「はい。まさか、そんなことでいたずらをするとも思えませんでしたし」

「店を出たのは何刻だ？」

「五つをまわったころだと思います」

火の手が上がったのは四つ前だ。

佐々木竜蔵はなんとなく忠助の行動に不審を持った。

戸締りの確認は毎夜手代が五つ半に行なうという。手代にきくと、きのうも裏口の戸の鍵がかかっていることを確かめ、そのときに物置小屋に人影があるのも見ていた。

つまり、その時点では、まだ忠助は外に出ていなかったということになる。

百歩譲《ゆず》って忠助の言うことが正しいとしたら、五つ過ぎに忠助が外に出たとき、入れ代わるようにして賊が侵入したということになる。

だが、賊にとって都合よく鍵が開いていたということがあり得るだろうか。

仮にそうだったとしても、賊と忠助がぐるだったのではないか。佐々木竜蔵はそう考えた。

賊の目的は太兵衛を殺すことだった。火をつけたのは殺しの痕跡を消そうとしたのだろう。黒焦げになれば刃物の傷もわからなくなる。

しかし、賊にとって予期せぬ出来事があった。雨だ。雨のために完全には屋敷は燃えなかった。死体もまた同じだ。

これは賊にとっての誤算だったはずだ。

佐々木竜蔵は太兵衛に恨みを持つ人間を探した。だが、外には太兵衛に殺したいほど恨みを持つ者は浮かんで来なかった。

唯一、ひっかかりを覚えたのがかつて浜松町三丁目にあった新興の蠟燭問屋『門倉屋』だ。

『門倉屋』は強引な商売のやり方で『高松屋』の客を横取りしていった。『高松屋』の太兵衛はそのことで危機感を持ったに違いない。

そんなときに、『門倉屋』の主人佐太郎が暴漢に襲われ、大怪我を負ったのだ。

佐々木竜蔵はこの事件を調べたが、太兵衛が誰かにやらせたという証拠はなかった。

それに『門倉屋』の佐太郎はそれまでの強引なやり口から、別の人間からも恨みを買っていた。

佐太郎はいま商売から撤退し、怪我の養生がてら妻女とふたりで暮らしている。

佐々木竜蔵は佐太郎に会いに行った。

佐太郎も暴漢を特定出来ないからだけでなく、復讐をする気力さえ残っていなかった。牙《きば》を抜かれたようにおとなしく暮らしていた。

佐々木竜蔵は佐太郎ではないと確信した。

そして、最後に残ったのは忠助だった。

忠助は太兵衛の腹違いの弟である。しかし、住んでいるのはいくら改造したとはいえ物置小屋であり、また仕事も雑用ばかり。

忠助の心に太兵衛に対する憎しみがたまっていったのではないか。

事件の夜。内儀は実家に帰り、太兵衛だけだった。殺しを実行するのは今夜しかないと思ったのであろう。

そして、番頭の与兵衛が帰宅し、五つ半になって手代が戸締りを確かめたあと、忠助は行動をはじめたのだ。

忠助は物置小屋を出て、母屋の雨戸を外し、屋内に侵入した。そして、そろそろふとんに入ろうとしていた太兵衛に襲いかかり、匕首《あいくち》で心の臓をひと突きにして殺し、そのあとで部屋の中に火を放った。

忠助は裏口から外に飛び出した。

離れた場所から、火事を眺めていたのだろう。母の知り合いの使いという男に声をかけられ、鉄砲洲稲荷に行ったという偽装を用意したものの、忠助にとっての誤算は雨が降ったことだ。

死体が完全に焼け焦げにならず、殺しの証拠が残っていた。

佐々木竜蔵は忠助を大番屋に引っ張り、問い詰めた。

「おまえは兄太兵衛に対して恨みを持っていたはずだ」

「いえ。私は兄に恨みを持ったことはありません」

忠助は否定した。

「そんなことはないだろう。母親が違っても同じ兄弟であることには違いないのに、おまえは下男のような扱いを受けていた。そのことで不満が鬱積《うっせき》していったのではないのか」

佐々木竜蔵は激しく攻めたてた。

「違います。私はお店に入れてくれただけで感謝していました」

番頭や内儀も、忠助は可哀そうなほど冷遇されていたと語った。もはや、忠助が太兵衛に面白くない感情を持っていることは間違いないと思った。

だが、それだけで殺しまでするのかという疑問があった。もし、ほんとうに耐えきれないのなら店を飛び出せばよいことだからだ。

そんなとき、番頭の与兵衛が重大なことを思い出した。忠助は飯倉神明宮前にある料理屋のおたみという女に夢中になっているという。

佐々木竜蔵はおたみから話をきいた。

「忠助を知っているか」

「知っています」

おたみはあっさり答えた。

「どんな男だ？」

「『高松屋』の旦那の弟というだけあって、金回りのよいひとでした」

「金回りがよい？」

「ええ。いつも、財布には一両小判が入ってましたよ」

『高松屋』で聞いた話と違った。忠助は可哀そうなほど冷遇されていたという。それなのに、なぜ金回りがよいのか。

そこで、内儀と番頭に確かめると、ときたま太兵衛の居間から金がなくなっていることがあったという。

ふたりは、忠助に疑いの目を向けていた。忠助がくすねていたのだと、佐々木竜蔵は思った。

日頃の不平、不満からひとのいない隙を窺い、忠助は金を盗んでいた。そのことを、太兵衛に見つかり、激しい叱責を受けたのではないか。あるいは、店から出て行けと言われたのかもしれない。

佐々木竜蔵は忠助をさらに激しく問い詰めた。

「日頃の鬱憤と金をくすねていたことがばれた。それで、太兵衛を殺したのではないか」

「違います。私はそんな恐ろしいことはしていません。私は五つ過ぎに外に出ました」

「嘘を申すな。いつも戸締りを確認している手代が申すには、五つ半に確かめたとき、鍵はかかっていたとはっきり申している。そのほうが五つに裏口を出たとするならば、鍵は開いていたはずだ」

「でも、確かに私は五つ過ぎに出かけました。事件が起きた頃、私は鉄砲洲稲荷に向かっていました」

「嘘を言うな」

「いいえ。嘘ではありません。ほんとうです」

「よいか。五つ半に戸締りを確かめるために裏口に行った手代は物置小屋におまえがいるのを見ていたのだ」

「それは何かの間違いです。その頃には、私はとうに外に出ていました」

「なぜ、そんな遅い時間に鉄砲洲稲荷に向かったのだ？」

「ですから、亡くなったおっかさんの知り合いというひとから呼出しがあったんです」

「その知り合いとは誰だ？　何という名だ？」

「いえ。わかりません。ただ、おっかさんの知り合いから頼まれたと言ってました。三十歳ぐらいの男です」

「どうして、あっさり信用したのだ。母親の知り合いだという証《あかし》でもあったのか」

「おっかさんの名前を言ってました。『高松屋』の先代とおっかさんが約束したことを話したいと」

「そのことを話すなら、何もわざわざ夜の遅い時間に、鉄砲洲稲荷まで誘い出す必要はあるまい」

「『高松屋』の身内に気づかれたくないという用心からだと言ってました」

「変だとは思わなかったのか」

「はい。最初は変だと思いました。でも、偽《いつわ》って私を外に誘《おび》き出そうとしているなんて考えもしませんでしたから」

「いまの話を我らに信じろと言うのか」

「でも、ほんとうのことでございます」

「おまえは太兵衛を恨んでいたな」

「恨んでなどいません」

「なれど、おまえは物置小屋に住まわされ、仕事も雑用が多かった。主人の弟でありながら、ひどい扱いだ。そのことに不満を持っていたのではないか」

「違います。物置小屋に住むことにしたのも、雑用ばかりやっていたのも私が望んだことです」

「なぜ、自分が不利なことを望む？」

「私は主人の弟ということで特別な待遇をされたら、他の奉公人に示しがつかない。だから、一年間だけ、そうしようとしたのです。その間に、仕事を少しずつ覚えていこうと思いました」

「居間から金をくすねていたな？」

「そんなこと、していません」

「おたみが証言をしている」

「嘘だ。おたみは嘘をついているんだ」

忠助は叫んだ。

「忠助。往生際が悪いぞ」

佐々木竜蔵は一喝した。

「あっ、そうだ。思いだしました。私が五つ過ぎに裏口から出てから鉄砲洲稲荷に向かっている途中、南八丁堀三丁目で大工の留蔵さんに会いました」

「留蔵とな」

「はい。物置小屋を改造してくれた大工です。なんでも南八丁堀三丁目の普請場で建前があって遅くなったってことでした。留蔵さんから、こんな時間にどこに行くのだときかれて鉄砲洲稲荷に行くと答えました」

忠助は身を乗り出して訴えた。

佐々木竜蔵は念のために三十間堀町に住む大工の留蔵を訪ねた。

「二十六日の夜。南八丁堀三丁目で『高松屋』の忠助と会ったか」

竜蔵が訊ねると、留蔵はあっさり答えた。

「へい。会いました」

「なに、会った？　嘘ではないな」

「へい。鉄砲洲稲荷に行くって言ってました。あんな遅い時間におかしいと思ったことを覚えています」

「二十六日に間違いないか」

「ええ。建前があった日ですから」

佐々木竜蔵は腑《ふ》に落ちず、『高松屋』のおひさに忠助と留蔵の関係を訊ねた。すると、おひさは顔をしかめて答えた。

「物置小屋の改造をしているときから、ふたりはずいぶん気が合っていたようです。それに、留蔵さんは忠助さんに同情していました」

竜蔵はこのことを聞き、留蔵が忠助に頼まれて偽証しているかもしれないと思った。番頭の与兵衛や他の奉公人などにきいてまわっても、ふたりは仲がよかったという返事が多かった。

翌日の夕方、普請場から帰って来た留蔵を待ち伏せし、竜蔵はもう一度、事件の夜のことをきいた。すると、留蔵は青ざめた顔で答えた。

「すいません。忠助さんに頼まれ嘘をついてました。あの夜、忠助さんには会っていません」

「間違いないか」

「はい。間違いありません」

留蔵ははっきりと否定した。

こうして、忠助は小伝馬町《こでんまちょう》の牢屋敷に送られたのだ。

四

十一月十二日。再び、お白州に忠助が連れて来られた。

剣之助は忠助の虚《うつ》ろな目を見て胸が塞がった。すべてを諦めている。そう思った。

吟味与力の橋尾左門は死罪に相当する事件の吟味だけに、慎重になっているようだった。前回に引き続き、もう一度、内儀のおひさを呼ぶことにしたのも、その現われだ。

剣之助には忠助がほんとうに太兵衛を殺したとは思えなかった。特に根拠があるわけではない。ただ、そのようなことをする男に見えないという理由だけだ。

自分は忠助に騙《だま》されている。その可能性も否定出来ない。

気になるのは半年前に『門倉屋』の主人佐太郎が暴漢に襲われたという事件だ。暴漢の正体はわからずじまいだった。その件と今回の事件は繋がりがないというのが佐々木竜蔵の調べだった。

だが、剣之助には気になった。

「『高松屋』の内儀おひさをこれへ」

左門が声をかけると、同心が細身の女を連れて来た。

悄然として、おひさは吟味与力に向かって深々と頭を下げた。

「さて、おひさ。このたびのこと、まことにいたわしいことであった。太兵衛のこと、改めて悔やみ申す」

「はい。ありがとうございます」

おひさはか細い声で答えた。

「まだ、傷心癒えがたいと察するが、もう一度いくつかききたい」

「畏《かしこ》まりまして存じます」

「そなたは、夫太兵衛に腹違いの弟がいると聞いたのはいつだな」

「先代が亡くなる少し前に太兵衛から聞かされました」

「それを聞いて、どう思ったのだ？」

「母親を亡くし、ひとりぼっちでいると聞き、うちで働けるようにしてやったらと話しました。太兵衛はそうすると言いました。でも、それから何カ月経ってもぐずぐずしていたので、あの件はどうなったのかときくと、まだ何もしていないということでした。ですから、先代の遺言でもあるのだから、お店で働けるようにしてやって欲しいと頼みました」

「すると、忠助が『高松屋』に引き取られたのはそなたの尽力があってのことであるな」

「はい。でも、こうなってみると、私が無理に引き取るように言ったことが裏目に出たようでございます。いまでは、後悔しております」

「後悔していると言うのは？」

「はい。太兵衛の気持ちを考えなかったことです。やはり、おとなになって急に弟というのが目の前に現れたとしても肉親の情など持てるはずはありません。ましてや、腹違いなのです。太兵衛にとっては他人でしかなかったのだと思いました」

「どうして、そう思ったのだ？」

「はい。忠助さんを物置小屋で寝起きさせたり、仕事も雑用ばかり押しつけていたからです。もう少し、やさしくしてあげたらと言ったことがありますが、他の奉公人に示しがつかないと、とりあってくれませんでした」

叔父の作兵衛の話では、そう太兵衛に進言したのはおひさだということだった。やはり作兵衛とおひさの話は食い違っている。

「忠助を物置小屋に住まわせたのは、そのほうが太兵衛にそうするように勧めたと聞いたが、違うのか」

「違います。それは何かの間違いです」

おひさはむきになって訴えた。

なんとなく、剣之助はおひさの態度に違和感を覚えた。

「今度の件は、なぜ、起こったのだと思うのか」

左門がさらにきく。

「腹違いの兄弟の歪んだ感情の行き違いからだと思います。太兵衛はあくまでも主人と奉公人という関係としか見ていなかったのに、忠助さんは兄と弟というように考えていたのだと思います。そこに、最初から大きな溝《みぞ》があったのではないでしょうか」

「なるほど」

「太兵衛を殺した忠助さんは憎い。でも、そこまで憎みきれません」

「忠助は自分はやっていないと主張しているが、そのことに関してどう思うか」

「太兵衛は商売敵《がたき》は多かったと思いますが、ひとさまから恨まれるような人間ではありませんでした。ですから、太兵衛を殺したいと思う人間がいたとは思いません。そんな太兵衛が忠助さんだけにはつらく当たっていた。これも、腹違いの弟ゆえだと思います。太兵衛は父を奪った女の子どもという思いがあったのかもしれません」

剣之助はおひさをずいぶん饒舌《じょうぜつ》な女だと思った。

「ご苦労であった。下がってよい」

左門はおひさを下がらせた。

「さて、忠助」

左門は呼びかけた。

「いまのおひさの話を聞いた上で、何か言いたいことはあるか」

「私が知っている事実とは違うことばかりです」

「違う？　どこがだ？」

「いえ、もう結構です。いくら言っても無駄だと思いますから」

「なぜ、諦めるか。前回の吟味から三日経ち、少しは冷静に物事を考えられるようになったと思ったが……」

左門は落胆したように言い、

「改めて、訊ねる。そのほう、太兵衛を殺害した上に家に火をつけた覚えはあるか」

と、きいた。

「いえ、ございません。でも」

忠助は続けた。

「いまの私には降りかかった疑いを晴らす力はありませぬ」

「忠助。最後まで諦めるではない。最前、おひさの話は違うと言った。そのことを申してみよ」

「そんなとり立てて言うほどのことではありません」

忠助は力なく言った。

「では、わしのほうから言おう。まず、そのほうは、『高松屋』の物置小屋で寝起きしていたのは自分から申し出たことだと言っていたな」

「はい」

「その理由として、主人の弟だからといって依怙贔屓してもらっては他の奉公人への示しがつかない。だから、そう申し出たということであった」

「はい。でも、ほんとうは兄がこう言ったのです。おひさからおまえを依怙贔屓すると他の奉公人に示しがつかないと言われたと。私もそうだと思いました。ですから、兄に私は物置小屋で結構ですと言ったのです。ですから、兄が私を物置小屋に押し込めたわけではありません」

「だが、おひさの話では違っている。太兵衛はそなたに冷たく当たっていたという」

「そんなことはありません。兄は私に冷たくはありませんでした」

「忠助。ありのままを答えるのだ。ことの判断は我らがいたす。出来る限り、正確にだ。他の奉公人のことを慮《おもんぱか》る気持ちは最初からあったのか。誰かから何か言われれ、そう申し出たのではないか」

左門は念を押した。

少し間を置いてから、忠助は答えた。

「はい。じつは、私も兄嫁、いえ内儀さんから言われました。奉公人の中から、仕事も出来ないのに旦那の弟というだけでいい思いをしている。ずるいという声が上がっていて、そのことで、兄が悩んでいると。私は兄が悩んでいるようには思えなかったので、私のことで何か困ったことがあるのではないかと兄に訊ねました。そしたら、おひさからこう言われたと話してくれたんです」

「しかし、おひさはそう申していなかった」

「たいしたことではないので、忘れたのかもしれません」

忠助は言葉を切ってから、

「いずれにしろ、私は兄を恨むなんていう気持ちはこれっぽっちもありませんでした。それより、兄は私に……」

忠助は言いさした。

「忠助。なんでも申してみよ」

「いえ、なんでもありません」

忠助は口を閉ざした。

剣之助はもどかしかった。なぜ、言わないのだ。言っても無駄だと思っているからか。

言う必要もないことだからか。なんでもいいから話してくれと、叫びたかった。

左門も少し不満そうに、

「忠助。かりに、死者に不名誉なことであっても何ごとも隠さずに言うのだ。そこから真実も明らかになるかもしれぬ」

と、諭《さと》した。

だが、忠助から反応はなかった。

「では、改めてきく。物置小屋での寝起きに関しては何ら抵抗はなかったのだな」

左門が気を取り直してきいた。

「物置小屋だったから妙な目で見られますが、兄は大工の留蔵さんに立派な部屋に改造させてくれたのです。住み心地はとてもよかったんです。でも、こんなことを言っても、誰もわかってくれませんから」

「仕事のほうはどうだ？」

「最初のうちは荷物運びでも当然と思っていました。兄からも一年かけて仕事を覚えればいいと言われていましたから」

「では、居間から金をくすねたことはあるのか」

「ありません」

「『水月』のおたみを知っているか」

「いえ、以前兄に『水月』に連れて行ってもらった時に酌をしてもらったのと、何度か道で会って挨拶をしたぐらいです。なぜあの人が自分の情婦だと言っているのか、どうして、あんな嘘をつくのか、わかりません。ですから、『高松屋』を夜に脱け出て、出合茶屋で会ったなんてことはありません」

「だが、おたみはそう申しておるが？」

「嘘をついているのです」

忠助はきっぱりと言った。

「なぜ、嘘をつくのか」

「わかりません。でも、私を罪に落とそうとしているのは間違いありません。それに、私にはおたみが嘘をついていると証《あか》すことは出来ません」

忠助は首を横に振ってから、

「私が鉄砲洲稲荷に向かう途中、南八丁堀三丁目で大工の留蔵さんと会ったのは間違いありません。なぜ、留蔵さんが私と会っていないと言い出したのか不思議でなりません。それに留蔵さんがあんなことになって、こうなったら、私がどんなにじたばたしても無駄だと思います。どうか、いかようなお裁きでもお受けいたします。もう、決着をつけていただきたく思います」

やはり、忠助には留蔵が死んだことの衝撃が大きいようだった。

吟味方詰所に戻ってから、橋尾左門が剣之助に訊ねた。

「剣之助。そなた、忠助のこと、どう思うか」

「はあ」

剣之助は返答に窮《きゅう》した。見習いのくせに自分の意見を言ってもいいものか、迷った。その顔色を読んだように、左門が言った。

「遠慮はいらぬ。思うところを述べてみよ」

「はい。私は忠助が嘘をついているようには思えません」

左門の目が光った。

「そのわけは？」

「はい。忠助が下手人ならば、なぜ母親の知り合いに呼ばれて鉄砲洲稲荷に行ったなどという言い訳を用意したのか。もっと、ましな言い訳を用意出来なかったのか。まだ、女のところに行ったと答えたほうが真実味があったのではないかと。自分が女のところに出かけたあとに、鍵のかかっていない裏口から賊が入ったように見せかけたほうがよかったのではないでしょうか。つまり、屋敷を出たのは五つ過ぎではなく、五つ半過ぎだとしたほうがまだ疑いを外に向けられたのではありませんか」

剣之助はさらに続けた。

「忠助の言い分が正しいとしたら、何者かが忠助を外に誘き出したことになります。もしおたみが馴染みの女で夜な夜な逢い引きしていたのなら、おたみの名で呼び出したはずです。しかし、そうではなかったということからすると、『水月』のおたみの言い分も偽りだったということになります」

「佐々木竜蔵の調べによると、おたみに間夫《まぶ》がいるのは確かなようだ。『水月』の朋《ほう》輩《ばい》が店が終わった後におたみが男と逢い引きしているのを見ている。忠助に似ていたという話だが、それでもおたみが嘘をついていると思うか」

「はい」

「なぜ、おたみが嘘を?」

「お金で買収されたか、威《おど》されたか。大工の留蔵もそうです。最初、留蔵は忠助と会ったと証言しました。その証言が正しければ、忠助の犯行は不可能ということになります。ところが、二度目には前言を翻《ひるがえ》しました。誰かに威されたのではないでしょうか。でも、留蔵が嘘をつき通せるか心配した真の下手人が留蔵の口を封じた」

剣之助は意気込んで口にしたものの、証拠があってのことではなく、ただ自分の声が虚しく響いた。

「橋尾さま。吟味をもっと引き延ばすことが出来ましょうか。おたみのことをもっと調べたら何かわかるかも」

「実を言えば、私も同じ疑念を抱いている。ただ、証もないのに引き延ばすのは難しい。おたみが嘘をつく理由がない。金をもらって嘘をついていることを証明するのはかなり難しいとみなければならない。それに、留蔵が殺されたことで、忠助はすべてを諦め、いまや思考が止まっている。もっと何か思い出せればよいが、いまは無実を証そうという気力がない」

左門もいらだったように言う。

剣之助も焦りを覚えた。

五

翌十三日、剣一郎は編笠《あみがさ》をかぶり、着流しで、池之端七軒町《いけのはたしちけんちょう》にある寺の山門をくぐった。手には山門前の露店《ろてん》で買った花と線香を持っていた。

大きな墓の前に立った。室田家の墓である。その広い敷地の一画に美津の夫室田荘四郎の墓がある。

室田荘四郎とは面識はない。それなのに、剣一郎がここにやって来たのはきょうが月命日だからだ。

ひょっとしたら、美津がやって来るかもしれない。その微かな期待からだった。事件から三年が経ち、荘四郎の三回忌も済ませた。

ようやく、美津が新しい人生に歩みだそうとしている。そのことを伝えに奉行所に来てくれた。だが、あいにく剣一郎は外出していて会えなかった。

美津は会いたがっていたらしい。剣一郎も会いたかった。だが、美津の実家を訪ねるのは気が引けた。

もし、会えるものなら会いたい。縁がなければ会えない。それでも構わないという気持ちでやって来たのだ。

剣一郎は花と線香を手向《たむ》けた。すでに、新しい花が供えられていた。きょう、誰かがお参りに来たのだ。美津かもしれない。だが、線香は燃え尽きているから、もうだいぶ時間が経っているようだ。

遅かったかもしれない。すれ違いだったようだ。やはり、巡り合えない運命だったようだ。

いっとき墓前に佇《たたず》み、踏ん切りをつけてから、剣一郎は再び編笠をかぶって来た道を引き返した。

墓地から出て、本堂の横を通って山門に向かった。すると、若い僧侶が剣一郎に声をかけた。

「もし、青柳さまであられますか」

「さよう」

「お連れさまがあちらでお待ちにございます」

「連れ？」

剣一郎は美津だと思った。

「案内してもらおう」

「どうぞ、こちらでございます」

若い僧に導かれ、庫裏《くり》のほうに向かった。

さらに、庫裏を素通りし、庭に出ると前方に草庵《そうあん》ふうの茶室が見えて来た。

「あちらでございます。私はこれで」

若い僧は去って行った。

剣一郎は編笠をとり、蹲《つくばい》で手を洗い、茶室の躙《にじ》り口に向かった。

沓脱《くつぬ》ぎ石の脇に笠を置き、刀を先に部屋に入れてから、剣一郎は躙り口をくぐって茶室に入った。

炉に炭が熾《お》きて、釜《かま》から湯気が出ていた。

剣一郎が座って待っていると、水屋から茶室の亭主が入って来た。剣一郎は覚えず息を呑んだ。

美津だった。美津は黙って点前《てまえ》座に座ると、袱紗《ふくさ》を捌《さば》き、茶を点《た》てはじめた。

女子《おなご》が茶を点てるという驚きより先に、杓《しゃく》を手にした美しい姿に、剣一郎はしばし見とれた。

茶碗が剣一郎の前に置かれた。剣一郎は茶碗に右手を伸ばした。そして、手のひらに置き、二度ほどまわして茶碗の正面をさけた。

剣一郎はひと息に飲みほした。

「結構なお点前でござる」

茶碗を返して言う。

「女だてらに茶の湯などと思われましょうか」

美津がはじめて口を開いた。

「いや。いずれ、女子も茶をいたすようになりましょう。美津どのはその先駆け」

「亡くなった主人に教えてもらいました」

美津は茶碗を洗ったあと、改めて顔を向けた。

「青柳さま。お会いしとうございました」

三つ指をつき、美津は頭を下げた。

「よく、私がここに来ることがわかったな」

剣一郎はきいた。

「はい。きっと、来てくださると思っておりました」

「屋敷を訪れることはちと憚《はばか》られた」

「はい。でも、こうしてお会い出来てうれしゅうございます」

「再婚なさるそうだな。めでたいことだ」

「ありがとうございます。迷いました。私のようなものが仕合わせになっていいのかと」

「なぜ、そのようなことを考える？」

「ふたりの殿方を不幸な目に遭《あ》わせてしまいました」

「あなたが悪いわけではない。夫ある身のあなたに横恋慕した高月杢太郎に非があること」

「あのときも、青柳さまにそう言われました」

「そうでしたな。室田どのもあなたが仕合わせになることを歓迎するはずだ。これからは前を見て進んでください」

「ほんとうは……」

美津が思い詰めたような目を向けた。

「いえ、やめましょう」

美津は呟くように言った。

たちまち、三年前の記憶が蘇《よみがえ》る。

「私を助けて」

そう泣き叫びながら、美津は剣一郎に取りすがった。剣一郎の心は揺れ動いた。だが、剣一郎はやっとのことで思い止まった。

だが、一瞬であったが、美津のためにすべてを投げ捨ててもと思ったのは事実だった。

「で、祝言はいつごろに？」

剣一郎は気持ちを切り換えてきいた。

「来春早々に」

「仕合わせになられますように」

「はい」

美津がはかなく微笑《ほほえ》んだが、

「なぜ、相手のことを聞いてはくださいませんの？」

と、真顔になった。

「書院番組頭の幸田安右衛門さまだとお聞きしています」

「はい。主人の上役でした」

美津はふと寂しげな顔をして、

「私の仕合わせを願ってくださる青柳さまなら、幸田安右衛門がどのような人間であるかをお訊ねくださると思ったのですが」

と、少し詰《なじ》るような言い方をした。

「あなたが再婚を決意したお方だ。あなたにふさわしいお方であることに間違いはありません」

「そうですか」

少し冷めたように、美津は呟いた。

「美津どの。どうかされましたか」

「いえ」

美津は首を横に振った。

複雑な女心に、剣一郎は戸惑ったが、

「美津どの。ひょっとして、あなたは幸田さまの申し入れを受けながらも、まだ迷いがあるのでは?」

と、確かめた。

美津ははっとしたような表情になった。

「いえ、そのようなことはありません」

「美津どの」

「幸田さまはとてもやさしいお方です。迷いなどありません」

「そうですか」

「ただ」

「ただ？」

「いえ」

またも、美津は言いさした。

「どうしましたか」

「いえ」

だが、美津は何か言いたそうだった。

「確かに迷いはありません。でも、青柳さまに背中を押していただきたいのです」

「背中を？」

剣一郎は訝《いぶか》しく問い返した。

美津はすがるような目を向けた。三年前のあのときと同じような剣一郎の心に突き刺さるような視線だ。

はたと思い当たった。美津は剣一郎に謎かけをしているのだとわかった。

再婚をやめて欲しい。その言葉を待っているのではないか。そう言ったら、美津は再婚を取りやめるのか。

「美津どの」

剣一郎は静かに語りかけた。

「私はあなたに仕合わせになっていただきたい。新しい人生に希望を持って踏み出していただきたい。あなたが選んだお方ならきっとあなたを守ってくれるはずです」

「やめろと言ってはくださいませぬか」

美津は胸の底から突き上げて来るような声で言った。

「美津どの。私はあなたの仕合わせを誰よりも願っております」

「わかりました」

美津は恐ろしい顔つきで、

「では、青柳さま。最後に私のお願いを聞いてくださいませ」

と、迫った。

剣一郎は黙って美津の顔を見返した。

「私はあなたさまの勧めにて幸田安右衛門さまに嫁《か》します。最後に、どうかお情けを」

そう言い、美津はにじり寄った。

「どうぞ、一度だけでも私をあなたさまのものに」

美津は切なそうに訴えた。

「美津どの。いけない」

剣一郎はきっぱりと言った。

「幸田さまを裏切ることになります」

「あなたさまは三年前にも私を撥《は》ねつけました。私がお嫌いでございますか」

「嫌いなら、ここには来ません」

「ならば」

「美津どの。ここであなたを抱けば、おそらく引き返せなくなる。そうなったら、不幸の元です」

「…………」

「いま、私は必死の思いで自分の心と闘っています。いま、手を伸ばせば届くところにあなたがいる。しかし、手を伸ばしたら、すべてが変わってしまいます。それは出来ない、いや、してはならないのです」

剣一郎は説き伏せた。

俯いていた美津が静かに顔を上げた。

「青柳さまを困らせて、申し訳ございませんでした。今のお言葉を胸に私は幸田安右衛門さまのところに参ります」

「美津どの」

「これで、ようやく迷いも吹っ切れました。心残りもございません」

吹っ切れたように、美津の表情も晴々とした。だが、目尻に涙の跡を見つけ、胸が詰まった。

「ようございました」

剣一郎は複雑な思いで答えた。

庭の鹿威《ししおど》しの音が胸の奥に響いた。

第二章　白虎《びやっこ》の行方

一

十一月十四日。剣之助は詮議所の庭に近い場所に座っている。

いよいよ、忠助の最後の吟味だった。このあと、お奉行のお白州での取調べがあって、裁きは終わる。

詮議所の座敷中央に腰をおろした左門は忠助に声をかけた。

「きょうにて、この吟味の最後となる」

「はい」

忠助は軽く頭を下げた。

「忠助。最後に思いの丈をすべて話すように」

左門は大きな声で忠助に呼びかけた。

「いえ、もう何もございません」

忠助は力のない声で答えた。

「では、太兵衛を殺し、火をつけたことを認めるのか」

左門は鋭くきく。

「いいえ、私はやっていません」

忠助はあくまでも否認した。

「だが、証拠は揃っている」

「はい。わかっております。私の無実を証《あか》すことは出来ないと承知しております」

「忠助。やっていないのなら、最後まで諦めるではない。何か思い当たることはないか。なぜ、太兵衛が殺されなければならなかったのか」

「何も……」

「忠助。よく、考えるのだ。もし、そなたが無実であるのに太兵衛殺しの罪をかぶった場合、真の下手人はのうのうとお天道様の下を歩くことになる。そんなことを許していいのか」

「許せません」

忠助は震《ふる》える声で言った。

「そなたに罪をなすりつける者がいたとしたら、その心当たりはないか」

「ありません」

「よく、考えてみよ」

「…………」

しばらく経ってから、忠助はいやいやをするように首を横に振り、

「もう、無理でございます」

と、自棄《やけ》になったように言った。

「よく考えてみろ。太兵衛がよからぬ男と話していたとか、誰かの噂《うわさ》をしていたとか、なんでもよい。申してみよ」

「よからぬ男……」

忠助がふいに顔を上げた。

「そういえば、一度だけ、不気味な男と会ったことがございます」

「申してみよ」

「兄太兵衛に頼まれて、増上寺まで行ったことがあります。増上寺でひとと会うから、気づかれぬようについて来いと言われて」

忠助は身を乗り出し、

「兄は増上寺の境内《けいだい》で、目付きの鋭い男と会いました。白っぽい着物を着た精悍《せいかん》な感

じの男でした。ふたりで何か話し合っていましたが、しばらくして別れました。私は少し離れた場所でその様子を見ていましたが、話の内容は聞きませんでした。あとで、兄にきくと、『あの男は白虎《びゃっこ》の……』とまで言いかけて、いや、何も知らなくていいと言ってあとは口を噤《つぐ》んでしまいました」

「白虎とな」

「はい。おそらく通り名で、白虎の某《なにがし》と言うのだと思いました」

「通り名か。で、それはいつごろのことだ？」

「半年ほど前だと思います」

「半年前だとすると、五月ごろか」

「そうです。端午《たんご》の節供《せっく》の時分でした」

剣之助はなぜ、こんな大事な話がいまになって出て来るのだと腹立たしく思った。もっとも、忠助はたいしたこととは思っていなかったのかもしれない。

「なぜ、その男のことが印象に残っているのだ？」

「はあ」

忠助は言いよどんだ。

「どうした、忠助？」

「はい。じつは……」

忠助は迷っていたが、やっと続けた。

「それからしばらくして『門倉屋』さんの旦那が暴漢に襲われました」

「なるほど。そなたは、白虎という男の仕業ではないかと思ったのだな。つまり、太兵衛が白虎という男を使って門倉屋を襲わせたと」

「いえ。はっきりとは」

「だが、そのことは気になっていたのだな」

「はい。でも、思い過ごしで兄を悪者にしてはいけないと思って……」

「門倉屋が襲撃されたことで、太兵衛は何か言っていたか」

「気の毒なことだと言っていましたが、それ以外は何も」

「その後、その白虎という男を見たことはないか」

「ありません」

「その後、白虎のことで太兵衛は何か言ったか」

「いえ、何も言っていません。あっ」

また、忠助は何かを思い出したようだ。

「ひと月ほど前です。兄に頼まれて死んだ大工の留蔵さんのところに行った帰り、木《こ》挽町《びきちよう》で義姉《あね》を見かけました。頭巾《ずきん》で顔を覆っていたのが気になり、こっそりあとをつけました。義姉は木挽橋の近くにある船宿に入って行きました。それから四半刻（三十分）も経たずに、義姉が出て来ました。誰と会っていたのか気になっていましたが、それからしばらくして男が出て来ました。増上寺の境内で見かけた男、兄が白虎と言いかけた男に背格好が似ていたように思います」

「その男は、おひさとどういう関係だったのだ？」

「わかりません。ただ、義姉が兄を裏切っているような感じはありませんでした」

忠助がわかっているのはそこまでだった。

果して、その男が事件に関係しているかどうか、忠助の話からはまったくわからない。それに、だいぶ前のことであり、真偽を確かめるのは難しい。ただ、その男が真の下手人だとすると、内儀のおひさともつながっているようだ。だとしたら、おひさの周辺を探っていけば、その男が見つかるかもしれない。

ただ見つかったとしても、その男が下手人だという証はない。その男がおひさと出来ていたのなら、おひさとつるんで太兵衛を殺すという可能性もあるが、それはないようだ。

左門が困惑しているのが、剣之助にもわかった。

いまの忠助の言ったことは重大なことかどうか。

犯行を否認しながら、死罪となってもいいと言っている。忠助は案外としたたかな男なのかもしれない。白虎という通り名の男も忠助の作り話だということもあり得る。

なにしろ、証拠が揃っている。忠助が下手人でありながら罪を認めない場合に残された手段は拷問《ごうもん》しかない。

しかし、剣之助は忠助が嘘をついているとは思えなかった。だとすれば、白虎という男についてもっと詳しく調べるべきだ。

そう思ったものの、剣之助は現実に思い至って愕然《がくぜん》とした。

吟味与力の取調べはきょうで最後なのだ。左門はどうするつもりか。剣之助は左門がどう判断するのか、固唾《かたず》を呑んで見守った。

「本日をもって、吟味を終了する予定であったが、もう一度、吟味を行なう」

左門が大きな声で告げた。

「お待ちください。もう結構でございます。どうぞ、お裁きを」

忠助が訴えた。

「そなたを下手人とする証拠は揃っているが、同じくそなたの弁解にも頷《うなず》けるところがある。白虎という男のことも気になる。慎重を期すためにももう一度、吟味を行なう」

「お待ちください。白虎という男が事件に関わっているかどうかは、わかりません。それに、見つけ出すまでにはかなり時間がかかるはずです」

忠助は悲鳴のような声で続けた。

「もうこんな世の中に未練はありません。早く、おっかさんのところに行きたいのです。どうか、早くあの世に送ってやってください」

忠助の訴えを、左門は複雑な表情で聞いていた。


吟味方の詰所に戻ってきた剣之助は昂奮を引きずっていた。

忠助が口にした白虎の某という通り名の男のことだ。その男のことは誰からも語れなかった。もっとも、忠助がほんとうのことを言っているという前提に立ってのことだが……。

白州に出て来た者たちの話の中で、忠助の話ともっとも食い違っているのはおひさ、番頭の与兵衛、それに料理屋の女中のおたみの証言だ。

忠助の言い分が真実だとしたら、この三人は忠助に罪をなすりつけようと嘘の証言をしていることになる。

だが、おひさと与兵衛はともかく、おたみには繋がりがない。そのことは佐々木竜蔵の調べで確かめられている。

真の下手人が両者に嘘の証言をさせたという想像は難《かた》くないが、その存在自体が影のようであやふやだった。だから、忠助は何者かにはめられたと考えるには今ひとつ真実味が足りなかった。

だが、はじめて白虎なるもう一人の男が登場したのだ。その白虎は太兵衛と面識があり、おひさとも顔を合わせているらしい。さらに、おたみとも知り合いかもしれない。

忠助が増上寺境内で太兵衛と会っていた白虎なる男を見たのが五月はじめ。それからしばらくして商売敵《がたき》の『門倉屋』の主人が暴漢に襲われたのだ。

この件が今回の事件に関わっている可能性は否定出来ない。

もう一度、探索をやり直すべきではないか。剣之助はそう思った。

橋尾左門は小机に向かって調べ物をしていた。剣之助はそばに行った。

「橋尾さま」

剣之助は呼びかけた。

左門は顔を向けた。口書《くちがき》に目を通していたようだ。

「いま、よろしいでしょうか」

「うむ。わしもそなたに用がある。ちょうどよい」

「はっ。なんでございましょうか」

「いや。そなたから申せ」

「はい。忠助のことでございます。忠助が口にした白虎なる者のことが気になります」

剣之助はさっき考えたことを口にし、

「取調べを中断し、改めて探索をすべきではないでしょうか」

と、意見を述べた。

「しかし、忠助が嘘をついているかもしれぬ。その嘘に惑わされ、吟味が停滞したとなれば、今後、同じように嘘をつく者が増えて来るかもしれぬ」

「嘘とは思えませぬ」

剣之助は反論をした。

「それは、そなたがそう思いたいからではないのか。忠助に同情し、無意識のうちに忠助に肩入れをしているのではないか」

「いえ……」

そのつもりはないと思っても、自信はなかった。

「白虎なる者のことを口にしたのは忠助だけだ。その忠助も、きょうになってはじめて口にした。不自然ではないか」

忠助が下手人に間違いないという目で見れば、忠助の言い分はおかしい。鉄砲洲稲荷に誘《おび》き出された理由も納得出来ない。白虎という男のことも唐突に出て来た。口から出まかせを言ったともとれる。

しかし、忠助がはめられたという見方をすれば、大工の留蔵が殺された理由も説明がつく。白虎の通り名を持つ男が俄然《がぜん》、大きな存在になるのだ。

自分は冷静な目で見られないのだろうかと、剣之助は黙り込んだ。

「剣之助。わしもそなたと同じ考えだ」

「えっ?」

「正直言って、どちらが正しいか、わしにもわからんのだ」

左門の眉間《みけん》に苦悩が現れていた。

「では、取調べを中断し、改めて探索をしなおすことは出来ませんか」

剣之助は訴えた。

「難しい。証人が揃っている。取調べを中断し、改めて探索をしなおすより、拷問にかけてでも自白させるほうが適切であろう」

「でも、わずかにでも無実の可能性があるのなら」

「剣之助」

左門が呼びかけた。

「今夜、そなたの屋敷に行く。剣一郎に相談したい。帰ったら、そう伝えておいてくれ」

「はい。畏まりました」

「では、今宵《こよい》」

そう言い、左門は小机に向かいかけた。

「橋尾さま」

剣之助は声をかけた。

「うむ?」

「何か私に用があるとのことでしたが」

剣之助は確かめた。

「そのことならすんだ。剣一郎に相談する件をそなたに伝えてもらおうと思ったのだ」

「そうでございましたか。では、失礼いたします」

左門の苦しみが伝わって来て、剣之助は息苦しくなった。

二

吟味与力の取調べが終わり、忠助はその日の夕方に奉行所から小伝馬町の牢《ろう》屋敷に戻って来た。

きょうの取調べは大牢から五人、無宿牢からは三人だ。外鞘《そとざや》で縄を解かれ、忠助は大牢に入った。

牢役人たちがてぐすね引いて待っていた。牢名主《なぬし》の前に取調べを受けて来た五人が並べられた。

「おい、おめえ、どうだった？」

十枚の畳を積み重ねて座っている牢名主が野太い声でひとりにきいた。

「へい、なんとか」

男は小さくなって答えた。

「白状はしなかったか」

「へい」

「そうか。よし。次、おめえは？」

牢名主が満足そうに頷《うなず》き、隣の男に視線を移した。

「白状してしまいました」

やせた男は小さくなって答えた。

「なに、白状しただと？　ちっ、情けねえやつだ」

牢名主の両側に十二人の牢役人が並んでいるが、皆軽蔑《けいべつ》したような声で男を罵《ののし》った。そうやって次々と取調べの様子をきいていき、最後に忠助の番になった。

「おめえは？」

牢名主が忠助にきいた。

「白状はしません。やってませんから」

忠助は正直に答えた。

「おう、強気だな。確か、おめえはひと殺しと付け火だったな」

「へい。でも、あっしはやってません」

「そうだ。最後までやってねえで押し通すんだ。拷問にも負けるんじゃねえぜ」

「拷問？」

忠助がきき返すと、隣で畳四枚を積み重ねた上に座っている二番役の男が、

「白状しねえ奴は拷問にかけられる。それでも、頑張り通すんだぜ」

拷問のことまで考えていなかった。

自白しない限り、取調べは終わらないのかと、忠助は愕然とした。


夜六つ（午後六時）に拍子木を鳴らして夜回りがやってきた。

夜になると牢内は真っ暗だ。牢役人たちは畳一畳にひとりで、あるいは一畳にふたりで横になっているが、忠助たち平囚人はそうはいかなかった。畳一畳に六人が詰めているから身動き出来ない。

真っ暗な中で、することといったら考えることしかない。

忠助は吟味与力の言葉を思い出した。最後まで諦めるなと言った。あの与力は俺のことを信じてくれているのだろうか。

いまになって思うと、やはり増上寺境内で見た男のことが気になる。兄が白虎と言いかけたあの男は何者なのか。そして、兄太兵衛とはどんな関わり合いがあるのか。

それにしても、使いの男の言葉を真に受けてのこのこ鉄砲洲稲荷に向かったのは迂《う》

闊《かつ》だった。

事件の日の夕方だった。仕事を終え、大八車を店の横に仕舞って戻りかけたとき、商人ふうの男が近付いて来た。

「忠助さんですね」

男が声をかけた。

「そうだが」

忠助は男の顔を見た。ちんまりした顔の男だ。三十前後か。

「私は、忠助さんの母親のおつねさんの知り合いというひとから頼まれたんです。『高松屋』の先代とおつねさんのことで大事な話があるから四つ(午後十時)に鉄砲洲稲荷の表門の前まで来て欲しいということです」

「どんなひとだ?」

突飛な話に思え、忠助は確かめた。

「五十過ぎのお方です。『高松屋』の人間に見つかるとまずいのでこっそり来て欲しいってことです。あとで後悔しないためにも、ぜひにということでした。では、私はこれで」

男は逃げるように去って行った。

忠助は半信半疑だったが、母の名を言われたことでほんとうかもしれないと思った。第一、偽《いつわ》りだとしたら、そのようなことをする理由がわからなかった。

夕飯を奉公人たちと食べ終えてから、忠助は自分の住まいに戻った。物置小屋だったところだが、改造して畳まで敷いてくれた。以前に住んでいた長屋よりきれいだった。

五つ（午後八時）の鐘を聞いてしばらく経ってから、忠助は小屋を出た。そして、裏口から外に出て、鉄砲洲稲荷を目指した。

いまにも降り出しそうだった。木挽町を通り、南八丁堀三丁目にやって来たとき、大工の留蔵とばったり会ったのだ。

「忠助さんじゃないか」

留蔵のほうが先に気づいて声をかけてきた。物置小屋の改造をしてくれた『高松屋』出入りの大工だ。

「ああ、留蔵さん」

忠助は困惑したが、留蔵はよけいなことを喋《しゃべ》る人間ではないので、

「これからちょっと内証でひとに会うんだ」

と、答えた。

「女か」

　留蔵は誤解した。

「そうじゃない。留蔵さんは？」

「きょうは建前があってね。そのあとで、近くの呑み屋で呑んで、こんな時間になっちまった。雨になりそうだ。早く帰ったほうがいいぜ」

そう言いながら留蔵は去って行った。独り身《ひと》の気楽さなのか、寂しいのか、留蔵は酒が友という男だった。

忠助は改めて鉄砲洲稲荷に向かった。茶屋は閉まり、ひと影はない。雨が降り出し、表門まで駆けた。

門の屋根の下に入り、雨を避けた。そこで四つの鐘を聞いたが、相手は現れなかった。雨が激しくなった。

一刻（二時間）近く待ったが、とうとう誰も現れなかった。雨が降り出し、来られなくなったのか。何か事情があって来られなくなったのだ。まだ、自分は誘き出されたのだとは思わなかった。

雨が激しくなり、忠助は境内に入り、社殿の床下にもぐり込んで夜を明かした。風が入り込まず、思ったより寒くなかった。だが、まともに眠れたわけではなかった。

東の空がしらみはじめてきた頃には雨は止んでいた。

開いたばかりの町木戸を抜けて、忠助は芝口一丁目に戻った。

『高松屋』の前にやって来て、愕然とした。建物が焼け落ちていた。

覚えず呻《うめ》き声を発したので、横にいた男が舌打ちした。身動き出来ず、体が苦しい。これで寝入ると、ひとの腕や足が顔に当たる。

なぜ、俺がこんな牢内にいなければならないのかと、またも無念さが込み上げて来た。まさか、あの呼出しが罠《わな》だとは気づかなかった。

店が燃えただけではない。兄太兵衛が殺されていた。忠助は衝撃から意識を失いかけた。兄が死んだことが信じられなかった。だが、試練はそれからだった。

同心や岡っ引きの自分を見る目付きがおかしいと気づいたとき、自分が疑われているのだと察した。

事件が起きたのは四つ前だ。忠助は五つ過ぎに『高松屋』の裏口から鍵を外して外に出た。手代が五つ半（午後九時）に鍵を確かめている。その間に賊が侵入し、鍵をかけたのだと思った。

忠助が出かけるのを見ていたのに違いない。

しかし、忠助に太兵衛を殺さねばならない理由はなかった。それに、賊が太兵衛を殺し、火を放った時刻、忠助は鉄砲洲稲荷にいた。そのことを証明してくれる人間がいた。大工の留蔵だ。留蔵と会ったことは天佑《てんゆう》だった。

忠助は自分の仕業《しわざ》ではないと証明出来る。そう思っていたが、佐々木竜蔵という同心の追及に愕然とした。

「おまえは太兵衛を恨んでいたそうだな。そればかりか、居間から金を盗んでは女との遊興に使っていたのを太兵衛に咎《とが》められた。間違いないな」

何を言っているのかわからなかった。悪い冗談としか思えなかった。

「違います。私はそんなことはしていません。なぜ義姉たちや、親しくもないおたみさんが皆で嘘をつくのか分かりません」

忠助の訴えより義姉や番頭の言い分のほうが信用された。義姉と番頭に太兵衛を殺す動機があり、ふたりでつるんで自分を罪にでっち上げようとしたのではないか。そう思った。だが、その証拠はなく、そこまで言い得なかった。

そればかりか、いったんは忠助に会ったことを認めた留蔵が一日経って前言を翻した。

「きょうになって、おまえに会ったと答えたのは嘘だったと留蔵が白状した。おまえに頼まれて嘘をついたのだとな」

後頭部を殴られたような衝撃に、忠助は目が眩《くら》んだ。

「そんなばかな。留蔵さんから声をかけて来たんです。留蔵さんに会わしてください」

留蔵は酒を呑んでいたが、そんなに酔っていたわけではない。留蔵は何か勘違いしているのか。しかし、きのうは会ったことを認めたのではなかったのか。

「もしかしたら、留蔵さんは誰かに威されて嘘をついているのかもしれません。留蔵さんのことを調べてください」

忠助は訴えた。

「誰がそんなことをすると言うのだ」

同心はとりあってくれなかった。

忠助は小伝馬町の牢屋敷に送られた。そして、吟味与力の二度めの取調べがはじまる前の日に、留蔵が死んだと聞かされた。

言葉もなかった。もう、何を言っても信用されない。自分ははめられたのだ。それを証す術《すべ》はなかった。忠助はすべてを諦めた。

兄太兵衛がいなくなって、忠助には心のよりどころがなくなった。もう生きていても仕方ないと思った。

兄は自分の理解者だった。物置小屋を改造して住まわせたのも、仕事は雑用が中心だったのも、自分が望んだことだった。


あれは、母のおつねがいよいよいけないという日の朝だった。

長屋を若旦那ふうの男が訪ねて来た。

「忠助か。私は『高松屋』の太兵衛だ」

「太兵衛……。では、兄さん」

「そうだ。おっかさんが病気だと聞いた。具合はどうだ?」

「それが……」

「忠助。『高松屋』の若旦那だって」

奥から母の声がした。

太兵衛は母の枕許に座り、

「おとっつぁんから聞きました。もっと早く知っていたら、なんとかしてあげられたのですけど。お許しください」

太兵衛は母にやさしい言葉をかけた。

「若旦那。もったいない」

母はか細い声で応じた。

「大旦那さまは？」

「先月、亡くなりました」

「えっ、亡くなった……」

母は目尻に涙をためた。

「私もじきに大旦那さまのあとを追います。若旦那。どうか、忠助のことを」

「わかっています。忠助のことは心配いりませんよ。私の弟なんですから」

数日後、母は安心して息を引き取った。

兄はやさしいひとだった。弔《とむら》いにも妻女のおひさといっしょに参列し、そして、『高松屋』に来るように誘ってくれた。

「これから私の右腕になって、私を支えてくれ」

兄はそう言ってくれた。

「いま、『高松屋』は厳しい状況にある」

そう言い、新興の『門倉屋』の激しい追い上げに、客が奪われていっているのだと打ち明けた。

忠助は兄のために力になろう。そう思っていたのだ。

どこから鼾《いびき》が聞こえて来た。もう、だいぶ夜も更けていた。

「うるせえやろうだ」

牢名主が吐き捨てた。

やがて暗闇の中でもぞもぞ動く気配がした。それから、誰かが暴れているような音がした。荒い呼吸、うめき声。やがて、それも収まった。

何があったのか。元のような静寂が訪れた。だが、何かが違う。静けさの中に何か異様な空気が感じられた。

もう鼾は聞こえなくなった。

ふと、隣の男が震えているのがわかった。反対側にいる男も微かにため息をついた。みながみな寝入っているから静かなわけではなかった。じっと息をひそめているのだ。

鼾の男は殺されたのだとわかった。

翌朝、牢役人のひとりが牢番に、

「申し上げます。今朝方、起きましたら冷たくなっている者がおりました。病のようでございます」

と、訴えた。

「以前より持病があったようで、誰にも気づかれずに死んでいったようです」

牢名主も落ち着いた声で言う。

「よし、わかった」

牢番は顔色を変えずに答えた。

やがて、牢屋医師がやって来た。検死だ。

しかし、ちょっと見ただけで、

「病死だ」

と、告げた。

牢屋医師が立ち上がると、牢役人のひとりがすかさず何か囁《ささや》き、紙に捻《ひね》った銭を袖《そで》に入れた。

やがて、ふたりの男が死体を菰《こも》に包んで留口まで運んだ。張番の男が死体を引き出し、運び去った。

それで、すべてが終わった。

人間の命なんて儚《はかな》いものだと、忠助は自嘲ぎみに呟《つぶや》いた。

今度の吟味では自白してしまおうと思った。どっちみち、助かる道はないんだ。嘘でも自白をすれば、すべてが決着がつく。

（おっかさん。もうすぐそっちに行く）

忠助は心の内で呟いていた。


ふつか後の朝、朝飯が終わったあと、張番と牢屋同心がやって来た。きょう奉行所で吟味を受ける者は朝飯の前に告げられていた。その中に、忠助の名もあった。

忠助も牢内から連れ出され、外鞘内で後ろ手に縄をかけられた。

そして、数珠《じゅず》つなぎで囚人たちは小伝馬町の牢屋敷から数寄屋橋御門内の南町奉行所に向かった。

こうして奉行所に向かうのは何度めになるだろうか。日増しに風が冷たくなっているのがわかる。通行人が顔をしかめてすれ違うのはいつものことだ。

忠助はこの町並みも、江戸の空気とも、もうお別れだと思うと、ふいに胸の底から突き上げて来るものがあった。

こんな浮世に未練はないと思いつつ、なぜか悲しくなってきた。

奉行所に着くと、囚人たちは仮牢に入れられた。ここで、吟味の順番を待つのだ。

囚人たちはみな口を閉ざしている。強がる者もいたが、長続きはしない。

『高松屋』での九ヵ月間、忠助にはそれなりに充実した日々だった。腹違いとはいえ、兄の存在は大きかった。

兄の太兵衛は母に約束したとおり、忠助を『高松屋』に迎え入れてくれた。いまになって考えれば、兄も孤独だったのかもしれない。

義姉とは見せかけの夫婦関係だったのだ。だから、忠助を自分のそばにおきたかったのではないか。

兄には妾《めかけ》がいた。神谷町《かみやちょう》に住まわせていた。あるとき、兄が打ち明けてくれたのだ。兄に頼まれて、金を持って行ったことがある。

自分のことで精一杯ですっかり忘れていたが、兄が亡くなってからおゆみはどうしているのだろうか。おゆみのことが心配になったが、忠助にはどうすることも出来なかった。

兄はなぜ殺されねばならなかったのか。新しく出来た蠟燭問屋の『門倉屋』が強引なやり方で『高松屋』の客を横取りしていった。そのことを気に病んでいたが、その後、『門倉屋』の主人が暴漢に襲われた。それからは、『門倉屋』はじり貧になった。

気になるのが増上寺で兄が会っていた白虎という男のことだ。ひょっとして、兄が白虎に、『門倉屋』の主人を襲わせたのではないのか。

そうだとすると、今度の事件の背後には『門倉屋』が……。だが、その証拠はない。

それに、いまさらそうだったとしてももう遅い。もう、事件は解決しているのだ。

そんなことを考えていると、忠助に呼出しがあった。

忠助は下男に縄尻をとられて詮議所に連れられた。

すでに橋尾左門という吟味与力が座敷に座っていた。助役の与力や物書同心、そして右手の白州に近い場所に若い与力が座っているのもいつもの通りだ。

忠助は白州に敷かれた筵の上に座らされた。

「さて、忠助」

与力が呼びかけたとき、忠助は体を前に倒すようにして口を開いた。

「申し上げます。これまで、しらを切ってまいりましたが、兄を殺し、火を放ったのは私であります。私がやったことに間違いありません」

近くにいる若い与力が忠助に驚愕の目を向けた。

「忠助。なぜ、急に、そのようなことを言い出したのだ?」

与力が少し声を上擦《うわず》らせてきいた。

「このままなら拷問にかけられる。そう思いました。ですから、その前に、すべてを白状しようと思いました」

　忠助は開き直って落ち着いていた。

「そのほう、前回まで、この世に未練はないと申しておった。自棄になって、やってもいないことをやったと言っているのではないか」

「違います。腹違いとはいえ、じつの弟を物置小屋に住まわせ、仕事は雑用ばかりさせる。日頃から冷たく私に当たる兄に恨みをもっていました。だから、居間の金もくすねました。でも、そのことも兄に知られ、激しく罵られました。いつか、殺してやると、思うようになったのです」

　忠助はさらに続けた。

「あの夜、義姉が実家に帰り、兄しかいないことを知り、絶好の機会だと思いました。手代が裏口の戸締りをして引き上げたあと、しばらくして雨戸をこじ開けて部屋に忍び込み、寝間でまだ起きていた兄を匕首で刺し、火を放って逃げました」

　忠助は一呼吸を置いてから、

「お手間をとらせました」

と、頭を下げた。

「なぜ、火を放ったのだ？」

与力がきいた。

「『高松屋』なんてなくなってしまえばいいと思ったからです」

忠助は答えた。

「匕首はどうした？」

「逃げる途中、川に捨てました」

「忠助。そなたは偽りを申しているのではないか」

「いえ、違います」

与力はしばらく黙りこくった。

忠助は覚悟をしていたとはいえ、いざ自白をし終えたあと、胸の底から何か突き上げてくるものがあった。それを必死にこらえた。

三

夜が更けた。左門は口を真一文字に結んで難しい顔をしている。いらだちを募らせているようだ。剣之助もやりきれない顔をしていた。

剣一郎の屋敷に左門がやって来て、剣之助を交えて話し合っていたのだ。

「きょうの取調べで、忠助は自白した」

左門がやりきれないように言った。

前回、左門と剣之助が剣一郎に相談しに来てから三日経っていた。ふたりの話を聞き、この三日間、剣一郎は幾つかの点を調べてみた。

まず、『門倉屋』の主人佐太郎が暴漢に襲われた事件だ。探索をした同心の佐々木竜蔵から話を聞いたが、暴漢は見つけ出せなかったという。

『高松屋』との確執の線も調べたが、何も出なかった。さらに、忠助が口にした白虎という通り名の男のことも初耳だと言った。

剣一郎が白虎と聞いてすぐ思い浮かんだのは白虎の十蔵《じゅうぞう》のことだ。二カ月ほど前、江戸で『朱雀太郎《すざくたろう》』と名乗る残虐《ざんぎゃく》な盗賊が暴れ回った。

その一味に白虎の十蔵がいた。しかし、一味は潰滅《かいめつ》し、十蔵は獄門《ごくもん》になった。その十蔵の仲間がまだ残っていたとは思えないから別人であろう。

なぜ、白虎という通り名を名乗ったのか。そこに男の正体を摑《つか》む手掛かりがあるだろうか。

さらに剣一郎は吟味の様子を左門と剣之助から聞いて、やはり忠助は何者かにはめられた可能性があると思った。その大きな根拠のひとつが大工の留蔵が殺されたことだ。

留蔵は佐々木竜蔵が最初にきき込みに行ったときは、忠助と会ったと答えた。だが、翌日、あれは忠助に頼まれて嘘の証言をしたのであって、ほんとうは会ってないと言い出したという。

頼まれて嘘の証言をしたのに、どうしてたった一日で証言を翻したのか。何者かに威《おど》されたのではないか。そう考えたほうが理解しやすい。

剣一郎は忠助がシロという立場で事件を検証してみた。忠助の言い分が正しければ、忠助は何者かに鉄砲洲稲荷に誘き出された。そして、五つ過ぎに『高松屋』の裏口の鍵を開けて外に出た。賊が侵入したとしたら、そのあとだ。

賊は裏口から入ると、鍵をかけ、物置小屋に入った。そこで、時を待ったのだ。五つ半に手代は鍵がかかっているのを確かめている。そして、物置小屋に人影を見ている。これは忠助ではなく、賊だ。

四つ近くになって賊は行動を起こした。雨戸をこじ開けて部屋に侵入し、太兵衛を殺し、火を放った。

そして、裏口から逃走した。

そう考えることが出来るが、そうだという証拠はない。忠助の言葉だけだ。忠助には動機があった。太兵衛の冷たい仕打ちに対する恨みと、店の金をくすねたことがばれそうになった。その前に殺そうとした。それを裏付けるように、呑み屋のおたみという女の証言があった。

だが、忠助に言わせると、おたみの証言もでたらめということになる。

「父上、このままでは忠助は死罪になってしまいます。取り返しのつかないことに」

剣之助が無念そうに言う。

「自白さえしなければ、嫌疑不十分でなんとか出来たかもしれないが」

左門も表情を曇らせた。

左門は竹馬《ちくば》の友であり、なんでも言い合える仲だ。だが、かつて左門が吟味のことで剣一郎に苦悩を晒《さら》したことはない。

「いや。状況的には忠助は非常に不利だ。拷問を受けるぐらいならと思ったのだろう。また、これ以上吟味を引き延ばせば、なぜ、拷問にかけてでも落とさないのかと、左門が非難を浴びるようになるかもしれなかった」

剣一郎は忠助の自白をやむを得ないと言った。

「では、どうしようもないのか」

左門が珍しく悔しさを露《あら》わにした表情になって、

「わしは忠助はシロだと思う」

と、はっきり言った。

「私もそう思います」

剣之助も強い口調で言って唇《くちびる》を噛みしめた。

「わからないことがある。なぜ賊は太兵衛を殺したあと、屋敷に火を放ったのか」

剣一郎は疑問を呈した。

「殺しの痕跡を隠すためではないのか」

左門が答えた。

「ならば、刺すより、首を絞めたりしたほうがわかりにくかったはずだ。現に、刺し傷から殺しとわかってしまった」

「それは雨のため、完全に家が燃え尽きなかったからだ。燃え尽きれば、死体はもっと黒焦げになり、判別はつかなかったかもしれない」

左門は反論した。

「いや。忠助を下手人に仕立てようとしていたのだ。殺しの事実を隠蔽《いんぺい》する必要はなかったはず」

「うむ」

左門が顔をしかめて唸《うな》った。

「さも忠助の仕業に見せるために火をつけたのではありませぬか」

剣之助が口をはさみ、さらに続けた。

「忠助にとって、『高松屋』そのものも憎しみの対象であったと」

「確かに、そういう解釈もあり得るが、どうも火を放ったわけが気になる」

剣一郎は首をひねった。

「いずれにしろ、忠助が無実である可能性は高いのです。処刑を引き延ばし、その間に改めて真の下手人の探索にかかれないでしょうか」

剣之助が訴えた。

「どのくらい処刑を引き延ばしたら真の下手人が捕まると思うか。十日か、二十日か、ひと月か」

剣一郎が厳しくきいた。

「それは……」

剣之助は言葉に窮した。

「探索の手掛かりはおひさに番頭の与兵衛、そしておたみだ。三人は嘘をついているのであろう。まず、おひさと与兵衛だ。このふたりは出来ているのかもしれない。その点では動機がある。だが、ふたりがつるんでいるという証拠はない。また、おたみに太兵衛を殺さねばならぬ動機があるのか。あれば、これまでの探索の中で浮かび上がっているはず。おそらく、おたみには間夫《まぶ》がいる。その間夫が真の下手人かもしれない。だが、その間夫がなぜ、太兵衛を殺さねばならぬのか。これらのことを一から調べねばならぬ。時間がかかる。その間、忠助のことを宙ぶらりんには出来ぬ」

剣一郎は言葉を切ってから、

「留蔵を殺したわけも気になる」

と、もうひとつの疑問を口にした。

「それは口封じであろう」

左門が答えた。

「しかし、留蔵は最初の証言を翻している。果して、口封じの必要があったか」

「と、言うと?」

左門が怪訝そうな顔をした。

「おひさや番頭の与兵衛への威《おど》しかもしれない。見せしめのためだ。もし、ほんとうのことを喋ったら、殺すという威しだ」

「なんと」

左門が目を剝《む》いた。

「そう考えるべきだ。おひさと与兵衛、おたみが真実を打ち明けることは期待出来ないということだ」

「では、真相はこのまま闇に葬《ほうむ》られてしまうということですか」

剣之助が悲鳴のような声できいた。

「黒幕を見つけるしか手はない」

「黒幕？」

「忠助が増上寺で見かけた、白虎という通り名の男だ」

「でも、忠助しか顔を知りません。他に手掛かりはないのです。もし、おたみの間夫だとしても、忠助がいなければ白虎かどうかわかりません」

剣之助がいらだったように言う。

「そうだ。忠助なら黒幕を見つけ出せるかもしれない。鉄砲洲稲荷に誘き出した男や、増上寺の境内で太兵衛が会った男の顔を知っているのは忠助のみだ」

「忠助は牢内だ」

左門が憤然として言う。

「父上。何か策が？」

剣之助は顔色を読んだように剣一郎に迫った。

「この事件にはもっと複雑な裏がありそうだ。だが、忠助が自白した今となっては、吟味を中断することは出来ない。したがって、非常手段をとらざるを得ない」

「非常手段？」

左門が強張《こわば》った顔をした。

剣之助もきく。

「父上。それは何ですか」

「これしか手立てはない。忠助を牢から出す」

「えっ、どういうことですか」

剣之助が身を乗り出した。

左門も恐ろしい形相《ぎようそう》で、剣一郎の顔を見つめ、

「まさか、忠助に牢脱けをさせるつもりか」

と、激しい口調になった。

「いや。牢脱けではだめだ。黒幕が警戒するかもしれない」

「では、どうして？」

剣一郎が秘策を告げると、ふたりは啞然とした。

「これは大きな賭けになる。責任はわしがとる」

剣一郎は悲壮な決意で言った。


翌日、剣一郎は出仕して、宇野清左衛門と内与力の長谷川四郎兵衛に面会を申し込んだ。長谷川四郎兵衛はお奉行の名代という立場でもあった。

ふたりを前に、剣一郎は事件のあらましを説明してから、

「忠助は何者かにはめられた可能性が大きいと思われます。なれど、証拠は揃い、有罪とするしかありません」

と言い、理解を求めた。

「忠助を信じる根拠は何か」

四郎兵衛が鋭い目できいた。

「吟味与力橋尾左門の心証です。さらに、忠助の無実を証すことが出来る大工の留蔵が殺されたという事実」

「そんなことで、忠助がシロだと言い切れるのか」

「私は橋尾左門の長年にわたって鍛《きた》えた吟味与力としての眼力を信用したいと思いま

す。万が一、無実の者を処刑してしまったら取り返しがつきません。また、真の下手人がお天道様の下を堂々として歩く。このようなことを許してはなりませぬ」

「青柳どの」

宇野清左衛門が口を開いた。

「忠助は自白をし、口書爪印《こうしょつめいん》までしたということだが」

「はい。忠助はこの世に嫌気が差し、絶望から死を望んでいるのです。決して、真の自白ではありません」

剣一郎はふたりに決断を迫った。

「すべての責任は私がとります。どうか、お許し願いたく」

「どう責任をとると言うのだ?」

四郎兵衛が口許を歪ませた。

「失敗すれば引退します」

「なに」

宇野清左衛門ががばっと目を見開き、

「何を申すか。青柳どのはこれからの奉行所にとってなくてはならぬ人間ぞ。そのようなことは断じてならぬ。責任をとるなら、わしがとる」

「宇野さま」

剣一郎は清左衛門の気持ちが心に迫った。

「宇野さまのお言葉、ありがたく存じますが、宇野さまこそ、奉行所にはなくてはならぬお方。責任は私がとるのが筋でございます」

「いや。そなたの申し出を許したわしの……」

「あいや」

四郎兵衛が口をはさんだ。

「ここは青柳どのに責任をとっていただくのが当然だろう」

「では、お許しを」

剣一郎はふたりの顔を交互に見やった。

「宇野どのもそのおつもりのようじゃ。許すしかあるまい。だが、責任は青柳どのがひとりで負わねばならぬ」

四郎兵衛は憤然として言う。

「承知いたしました」

剣一郎は力強く頭を下げた。

「では、お奉行にもその旨《むね》話しておく」

そう言って、四郎兵衛は立ち上がった。

「青柳どの」

四郎兵衛が部屋を出て行ってから、清左衛門が声をかけた。

「だいじょうぶか」

「はい」

勝算はあるとは言えなかった。だが、これ以外には方法がないのだ。

矢は放たれた。

「必ず、事件の真相を掴んでみせます」

「長谷川どのはあのように言ったが、あのお方も責任を免《まぬか》れぬ。場合によっては、お奉行にも累《るい》が及ぼう」

「はっ。肝《きも》に銘《めい》じて」

重大な責任を背負っていることに、剣一郎は改めて身を引き締めた。

その日の午後、剣一郎は小伝馬町の牢屋敷に出向いた。

表門に行き、門番に鍵役同心の三枝草次郎《さえぐささうじろう》への面会を申し入れた。

牢屋敷にいる五十人の牢屋同心の中で上席の鍵役同心はふたりいる。そのうちの、三枝草次郎とは懇意にしている。

「ただいま」

門番はすぐに門の脇にある鍵役同心の組屋敷に向かった。一般の牢屋同心は牢屋敷の外の拝領屋敷に住んでいるが、鍵役同心の組屋敷は牢屋敷内の牢屋奉行石出帯刀《いしでたてわき》の屋敷の隣にあった。

待つほどのこともなく、門番が戻って来て、剣一郎を組屋敷に案内した。

土間の横にある客間に、すでに三枝草次郎が待っていた。四十半ばで、体が大きく、いかつい顔で、囚人たちに睨《にら》みをきかすにはふさわしい風貌だった。

「青柳さま。お久しゅうございます」

三枝草次郎は笑みを浮かべて迎えた。

「お忙しいところを申し訳ござらん」

対座してから、改めて剣一郎は突然の訪問を詫びた。

「いや。といっても、遊びに来たわけではなさそうですが、何か」

「じつはいま大牢にいる忠助なる者のことにて」

剣一郎はおおまかな事件の概要を話した。聞き終えると、草次郎の顔色が変わっていた。大きく息を吐《つ》いてから、告げた。

「わかりました。宋庵《そうあん》先生を呼びましょう」

そう言って手を叩いて、鍵役助役を呼び、牢屋医師の安西《あんざい》宋庵に来てもらうように告げた。

しばらくして、安西宋庵がやって来た。

牢屋医師は本道(内科)ふたりと外科ひとりが勤務している。安西宋庵は本道の医師である。白髪《しらが》が目立つ皺《しわ》の多い顔で、少し離れた場所に座った。

「宋庵先生、南町の……」

草次郎が引き合わせようとすると、

「青痣《あおあざ》与力どのでござるな。失礼ながら、その左頬の青痣。若き日に、押し込み犯の中に単身で乗りこみ、賊を全員退治した。そのとき頬に受けた傷が青痣として残ったことから、巷《ちまた》では畏敬の念をもって青痣与力と呼ばれているとか。そのことはわしでさえも知っている」

安西宋庵は無遠慮に言って笑った。

「恐れ入ります」

剣一郎は頭を下げた。

「青痣どのがわざわざこんなところにやって来たところをみると、何かあったか。さては、先日の作造りのことか」

作造りとは、狭い牢内を少しでも広くするために人減らしの暗殺をすることだ。牢内からは変死者が出たとの報告に、牢屋医師が検死をする。だが、それは形だけだ。医師は殺しだとわかっていてもなにも言わない。

医師が病気だといえば、それに異を唱えることはない。もともと、牢内は陽も射さず、掃除もせず、不衛生である。そんな中に何日もいれば病気にならないほうがおかしい。ほんとうの病死者も少なくない。

「宋庵先生。そんなことがございましたか」

剣一郎がきくと、宋庵はあわてて、

「いや、つい口がすべった」

と、悪びれずに言う。

草次郎は顔をしかめて、

「宋庵先生、じつはあなたに頼みがある」

と、呼びかけた。

「だから、わしを呼んだのであろう。そんなことはわかっている。青痣与力どのの頼みであろう。ならば、引き受けざるを得まい」

安西宋庵は豪放磊落《ごうほうらいらく》に言う。

「宋庵先生。大牢にいる忠助を病気にして牢から出したいのです。囚人や牢番には仮病だと気づかれぬように病檻に運びたいのです。それから、外に連れ出していただきたい」

「たやすいこと。ちょっと苦しむ薬を与えよう」

わけなどきかず、宋庵は請《う》け合った。

「で、いつ?」

宋庵は真顔になってきいた。

「明後日」

「わかった。青痣与力どののお力になれるなら本望だ」

安西宋庵は汚い歯ぐきを見せて豪快に笑った。

ふつか後、剣一郎は囚人の一行が奉行所に到着したという連絡を受けた。その中に、忠助がいる。きょうはお奉行の取調べのためにやって来たのである。

忠助たちは仮牢で取調べの順番を待つ。

それから半刻(一時間)後、忠助がお奉行のお白州に呼ばれた。剣一郎はお白州の出口で、お奉行の取調べが終わるのを待った。

すでに吟味与力の橋尾左門が取り調べており、口書爪印した調書の確認をするだけである。

お奉行が犯行の模様を訊ね、忠助は素直に答えていた。

取調べは簡単に終わった。

忠助が引き上げてくる。

その前に、剣一郎は立った。忠助が不審そうな顔をした。

「忠助。与力の青柳剣一郎である。そのほうに、訊ねたき儀がある。こちらへ」

そばにいた同心と縄尻を持った下男に聞かせるように、剣一郎は言った。

忠助を庭の隅に連れて行き、

「ふたりきりにしてもらおう」

と、剣一郎は同心を引き離した。

忠助が不安そうな顔を向けた。

「忠助。よく聞け」

「はい」

忠助が生唾を呑み込むのがわかった。

「そなたに頼みがある。高松屋太兵衛殺しの真の下手人を探し出す手伝いをしてもらいたい」

「えっ？」

「そなたは無実だ。真の下手人を探し出すにはそなたの力が必要なのだ」

「でも、私は……」

忠助は唖然としている。

「そなたを外に出す。よいか、よく聞くんだ」

剣一郎は言って聞かせてから、

「小伝馬町の牢屋敷に帰ると、牢屋医師の安西宋庵がそなたに薬を与える。一時的に発作を起こし、痙攣《けいれん》するそうだ。それを夜回りが来たときに呑むのだ。誰にも気づかれてはならぬ」

「わかりました」

忠助は震えた声で答えた。

「あとは宋庵先生の指示に従え。よいな」

「はい」

「真の下手人を捕らえるためだ。心してやれ。よし、行け。周囲に気取《けど》られるな」

剣一郎は立ち上がった。

「よし、連れて行け」

剣一郎は離れたところで待機していた同心に声をかけた。

やがて、他の囚人たちといっしょに数珠つなぎに、牢屋同心に連れられて小伝馬町の牢屋敷に引き上げて行った。

（忠助、うまくやれよ）

剣一郎は祈るような気持ちで忠助を見送った。

四

雲の上を歩いているような、あるいは夢の中のことのような不安定な足取りで、忠助は数寄屋橋御門を抜けた。

自分のすぐ前を後ろ手に縛られた囚人が行く。横にも後ろにも囚人がいる。数珠つなぎになって小伝馬町の牢屋敷に向かっている。

青痣与力に声をかけられたことがまだ現実とは思えなかった。南町にこのひとありと言われた青痣与力が、兄太兵衛殺しの下手人を探してくれるという。その手伝いをしてくれと頼まれた。

俺は夢でも見たのか、それとも幻覚か。頭がおかしくなったのではないか。そんな不安もよぎるが、忠助の耳に青痣与力の言葉が生々しく蘇《よみがえ》った。

「真の下手人を捕らえるためだ。心してやれ。よし、行け。周囲に気取られるな」

その言葉ははっきり覚えている。そして、牢屋医師の安西宋庵のことも……。

牢屋敷に帰って来た。順番に門を入る。牢獄はさらに塀で仕切られている。そこへの出入口に張番所があり、同心が立っていた。その横に牢屋医師がいた。

その前を囚人が通り、柵の中に入って行く。忠助もあとに続いた。

「ちょっと待て。おまえだ」

牢屋医師が忠助を呼び止めた。

「おまえ、名は？」

「へい、忠助です」

後ろ手に縛られたまま、忠助は名乗った。

「顔色が悪い。具合でも悪いのではないか」

「いえ、あっしは」

忠助が戸惑っていると、医師が言った。

「口を開けてみろ」

「へい」

忠助は言われたとおりに口を開けた。

牢屋医師が口の中を覗き込む振りをして口の中に紙を丸めたものを入れた。

「夜回りが来たときに呑むんだ」

医師が囁《ささや》くように言った。

「よし。行け」

外鞘で縄を解かれ忠助は牢内に戻った。紙の包が飛び出ないように、口を固く閉ざしていた。そして、口に手を持って行き、誰にも気づかれないように手のひらに移した。


夕飯の盛相飯《もつそうめし》を食い終わり、暮六つになって拍子木の音が聞こえた。夜回りだ。忠助は手の中に隠していた紙を開いて粉を口の中に流した。

苦い。無理して呑み込む。提灯《ちようちん》の明かりが揺れ、平当番の同心が牢内の見廻りに来た。

提灯の明かりを牢内に照らす。ゆっくり、牢内を見てから、明かりを下げ、移動して行く。

急に、忠助は息苦しくなった。胸が焼けるように痛い。うめき声を発して倒れた。

「おい、どうした?」

行き過ぎた同心が異変に気づいて大牢の前を戻って来た。再び、牢内を提灯で照らす。

「へえ、この者がいきなり苦しみだしやした」

牢役人のひとりが同心に訴えた。

忠助はもがき苦しんだ。

「医者を呼べ」

同心が叫ぶ。

すぐに牢屋医師が飛んで来た。

留口をくぐって、牢内に入って来た。霞《かす》んだ目に、さっきの医師の顔が飛び込んだ。

「おい、この者を押さえつけろ」

そばの囚人に命じて、苦しみもがく忠助の体を押さえつけさせた。

医師が忠助の瞼《まぶた》を指先で広げた。

「うむ。これはだめだな」

医師は立ち上がり、

「とりあえず病檻に運んでもらおう」

と、振り向いて同心に言った。

牢から引きずり出された忠助は、牢屋下男の手で戸板に乗せられて病檻に運ばれた。

病檻は表門を入った右手、鍵役や小頭の組屋敷の近くにある。忠助は戸板から薄いふとんの上に移された。

医師は下男を帰してから、

「さあ、これを呑め」

と、薬を忠助の口の中に放り込み、水で呑ませてくれた。

「そのまま少し横になっておれ」

いったい、自分の身に何が起こったのか、考える気力もなかった。だが、だんだん痛みが治まっていくと、すべて青痣与力の言うとおりのことが行なわれているのだと悟った。

半刻経つと、さっきの痛みが嘘のように消えていた。

「どうだ、気分は？」

「はい。だいぶいいようです」

忠助は起き上がった。ちょっとよろめいたが、あとはなんともなかった。

「よし。では、髭《ひげ》を剃《そ》れ」

医師が盥《たらい》にお湯をいれて持って来た。

「へい」

忠助は剃刀《かみそり》で髭を剃った。

「終わったら、これに着替えろ」

「へい」

医師は格子縞《こうしじま》の着物を寄越した。

「それから手拭《てぬぐ》いをかぶれ」

言われたままに手拭いをかぶったとき、戸が開いた。忠助は飛び上がった。同心が入って来た。鍵役同心の三枝草次郎だ。一番偉い同心だということは、他の四人から聞いていた。

「忠助、心配するな」

三枝草次郎が声をかけた。

そうか、この同心も味方なのだと、改めて自分はいまたいへんな企《たくら》みの中にいるのだと身震いした。

「よいか。これから、おまえはこの先生の助手としてここから出て行く。門番の前では念のため顔を伏せておけ」

「はい」

「数寄屋橋御門の外で奉行所の青柳さまが待っている。あとは、青柳さまに従うのだ」

「わかりました」

「それから、おまえは病死したことになる。よいな。忠助は死んだのだ」

「はい」

「では、そろそろ帰るとするか」

医師が忠助に薬箱を持たせた。

薬箱を持って、牢屋医師安西宋庵のうしろに従い、門に向かった。鍵役同心の三枝草次郎も見送りのためについてきた。

門番は忠助に不審そうな目をくれたが、三枝草次郎がいっしょのためか何も言わなかった。

三枝草次郎は門の外まで見送ってくれた。

「忠助。しっかりやれ」

「はい、必ず。ありがとうございました」

草次郎に深々と頭を下げ、忠助は安西宋庵に従い、数寄屋橋御門に向かった。

「忠助。よくやったぞ」

宋庵が褒めた。

「いえ、何もわからないまま、こうなったって感じです」

「そうか」

宋庵は豪快に笑った。

数寄屋橋御門を抜け、橋を渡り切ったところにふたつの影があった。月影に映し出されたのは編笠の侍だ。笠をとると、青痣与力だった。もうひとりは武士ではなかった。忠助と同い年ぐらいの整った顔立ちの男だ。

「宋庵先生、ごくろうさまでした」

青痣与力が声をかけた。

「なあに、お安い御用よ。それにしても、まことにあっさり行ったものだ。わしらが手を組めば、どんな極悪人も外に出すことが出来るな。いや、冗談だ。気になさるな」

　宋庵は真顔になって、

「わしは青痣与力どのに頼まれたからやったまで。では、わしはこれで」

　宋庵はすたすたと木挽町のほうに去って行った。

「面白いお方だ」

　青痣与力が宋庵を見送りながら言った。

「さて、忠助。これからは我らといっしょに働いてもらわねばならぬ」

「はい」

　忠助は畏まって答えた。

「これは文七《ぶんしち》だ。そなたといっしょに動き回ることになる。今後は、文七に何ごとも相談するように」

「文七です」

　自分と同い年ぐらいの男が一歩前に出た。

「忠助です。よろしくお願いいたします」

「それから忠助は死んだことになっている。忠太《ちゅうた》と名乗れ」

「忠太ですか。わかりました」

「ともかく、明日からだ。文七、あとを頼んだ」

青痣与力はそう言い、ふたりから離れて行った。

「さあ、あっしらも行きましょう」

文七のあとについて行く。ところどころで呑み屋や一膳飯屋の提灯が明るく輝いていた。明かりのない牢内にいたせいか、夜の町が明るく感じられた。

京橋川に突き当たり、川沿いを右に行く。そして、白魚橋《しらうおばし》を渡り、さらに楓川にかかる弾正橋に差しかかった。

忠助は足を止めた。

「大工の留蔵さんが死んでいた場所ですね」

文七が声をかけた。さすが、文七は事件をよく知っていた。

「ええ。あっしと出会ったばかりに留蔵さんは……」

俺が殺したようなものだと、忠助は胸が痛んだ。留蔵は腕のいい大工だった。いずれ、棟梁《とうりよう》にもなれたはずだ。どんなに無念だったろう。何の罪もない留蔵を殺した男が許せない。きっと仇《かたき》を討ってやる、忠助は心に誓った。

「さあ、行きましょう」

文七に促《うなが》されて、忠助は橋を渡った。

文七が連れて行ったのは霊岸島《れいがんじま》だった。霊岸島町の太郎兵衛店《たろべえだな》に、文七は住んでいた。その部屋の隣を忠助のために借りてくれたのだ。たまたま、前の住人が引っ越して行き、空き部屋になっていたという。

「これからここで過ごしてもらいます。必要なものは揃えておきました」

ふとんも火鉢も用意されて、部屋の真ん中に徳利《とっくり》が置いてあった。

「しばらくご無沙汰だったでしょう。どうぞ、お酒を呑んで、今夜はゆっくり手足を伸ばしてお休みなさいな。一切は明日に。あっしの住まいは隣ですから」

そう言い、文七は出て行った。

隣の戸が開く音がした。

忠助は徳利を摑み、茶碗に注いで、いっきに呑み干した。喉に心地好い刺激があった。立て続けに呑んだ。

すると、急に眠気が襲って来た。ふとんを敷き、枕屛風《まくらびょうぶ》を立てると、そのまま倒れこんだ。手足が伸ばせる。寝返りを打てる。それだけでうれしくなった。

気がついたとき、台所の天窓から陽光が射し込んでいた。久し振りに熟睡した。

土間に下り、腰高障子《こしだかしょうじ》を開けて外に出た。

厠《かわや》に行って戻って来ると、文七が顔を出した。

「忠太さん。起きなさったかえ」

忠太と呼ばれ、そうだったと思いだした。これからは忠太と名乗るのだった。

「へえ。死んだように眠っていました」

「そうだろうな、あんなところじゃ満足に眠れないものな。飯を持って来た。あっしが作ったんで味は期待出来ないが、ともかく腹を満たしてくれ」

文七はお櫃《ひつ》と納豆《なっとう》にお新香を持って来た。

それからお付けをとりに行った。

飯をよそって食べた。

「うまい」

忠助は覚えず口にした。

「そりゃ、盛相飯と比べれば、何を食べてもおいしいだろうな」

きのうと違って、文七は気さくな口調になった。

食べ終わったあと、文七が居住まいを正して言った。

「忠太さん。総髪のほうが印象が違って見えるから、月代《さかやき》は剃らずにそのままで行きましょう」

「わかりました」

「忠太さんには、太兵衛さんが増上寺で会った白虎という男と、忠太さんを鉄砲洲稲荷に誘き出した男を探してもらいたいんだ」

「きっと見つけ出します。兄と留蔵さんの仇を」

忠助は改めて心に誓った。

五

編笠をかぶり、着流しで剣一郎は芝口一丁目にある『高松屋』にやって来た。

新しく店を普請中であるが、だいぶ出来上がってきた。隣に仮の店を建てて商売をしている。

剣一郎が入って行くと、番頭の与兵衛が出て来た。

「これは青柳さま」

驚いたような顔で、与兵衛は声をかけた。

「繁盛しているようだな」

「はい。おかげさまで」

「そなたの力が大きいのであろう」

「いえ、とんでもない。ただ、亡くなった旦那さまのためにも『高松屋』を守っていかねばという思いでやらせていただいております」

「そうか。ところで、内儀はいるか」

「はい。ただいま、呼んでまいります」

与兵衛は小僧に命じて内儀を呼びに行かせた。

「青柳さま。忠助のほうはどんな按配《あんばい》でございましょうか。そろそろ、お裁きも出るころかと存じますが」

与兵衛は窺うように上目づかいで剣一郎を見た。

「そのことで来たのだ。忠助は自白した」

剣一郎は与兵衛の表情を注視ながら言った。

「そうですか。自白しましたか」

与兵衛は安堵の色を浮かべ、

「では、当然、死罪にあいなりましょうか」

と、含み笑いをした。

「うむ。兄殺しでもあり、火付けもおこなっている。引き回しの上に獄門が妥当だろう」

「引き回しの上に獄門でございますか」

恐ろしそうに、与兵衛は身をすくめた。

「だが、忠助は引き回しにならずに済んだ」

「えっ、どういうことでございますか」

与兵衛は顔色を変えた。

「昨夜、忠助は牢内で死んだ」

剣一郎は淡々と告げた。

「えっ、死んだ？　まことでございますか」

与兵衛は目を丸くした。

そこに、内儀のおひさがやって来た。

「青柳さま。お待たせいたしました」

おひさは小走りに近付いて来た。

「内儀さん。忠助が亡くなったそうです」

与兵衛がおひさに伝えた。

「亡くなった？　もう、お裁きが？」

おひさが訝《いぶか》しげな顔をした。

「昨夜、牢内で病死した。お奉行の前ですべてを自白し、牢に帰ってから発作を起こした。持病があったのかもしれぬ。大牢は明かりも射《さ》さず掃除も行き届いていない。虱《しらみ》や蚤《のみ》が巣くっている汚い場所で何日も過ごして体に異状を来《きた》したのであろう。牢屋医師が駆けつけたときには、もう手遅れだった」

剣一郎は説明した。

「そうでしたか。忠助さん、亡くなりましたか」

おひさは平然と呟いた。

「たとえ、病死せずとも、あと数日で処刑される身であった。そのことを考えると、本人にはよかったかもしれぬ。引き回されずに済んだのだからな。そのことを伝えておこうと思ってな」

「わざわざ、お知らせくださり、ありがとうございました」

「うむ」

「で、遺体はどうなるのでございましょうか」

おひさがきいた。

「いや、遺骸を引き渡すことはしておらぬ。刑場の雑役を担う者たちの手で千住《せんじゅ》小《こ》その者たちから金子《きんす》を出して塚原《つかっぱら》に捨てられる。もし、遺骸を引き取りたければ、その者たちから金子を出して貰い受けることは出来るであろう」

「いえ、とんでもない。そこまでする義理はございません」

おひさはあわてて答えた。

「お店のほうも順調のようだな」

「はい。仮の形で商売をしていますが、おかげさまでやっと元通りに」

「そうか。しかし、そなたも今後の身の振り方を考えなければなるまい。お店のためにも、いずれ再婚したほうがいいな」

「いずれ」

そう言い、剣一郎は与兵衛の顔を見た。与兵衛は微かに笑った。

おひさはちらっと与兵衛に目をやった。

「それがいい。邪魔したな」

「わざわざ、ありがとうございました」

与兵衛とおひさが見送った。

やはり、あのふたりは出来ているようだ。忠助が死んだと知り、そろそろ本性を見せるかもしれない。

だが、おそらく黒幕は別にいる。その者の正体はわからない。忠助に頼らざるを得ない。

わからないのは、なぜ火をつけたのかだ。おひさと与兵衛が仲間だとしたら、店を燃やすことをどうして黙認したのか。

ふたりにとっては計算違いだったのか。火をつけたのは最初の計画にはなかったのかもしれない。

剣一郎は次に芝神明町《しばしんめいちょう》に足を向けた。

飯倉神明宮の前は水茶屋や楊弓場《ようきゅうば》が並んでいる。そこから少し離れた静かな場所に料理屋の『水月』があった。

こぢんまりとした店だ。黒板塀に囲まれて、小粋《こいき》な門構えである。

剣一郎は門を入った。きれいに掃除が行き届いているが、まだ、店が開くまで時間があるようだ。

土間に入り、剣一郎は奥に呼びかけた。

小肥りの番頭ふうの男が出て来た。

「青柳さまで？」

左頬の青痣を見たのだろう、番頭はきいた。

「さよう。南町の青柳剣一郎である。おたみという女中を呼んでもらいたい」

「おたみでございますか。少々お待ちください」

番頭は奥に向かった。

しばらくして、おたみがやって来た。器量はいいが、目尻がつり上がり、勝気そうな顔をしている。

「おたみか」

「はい。おたみです」

「『高松屋』の忠助を覚えておろう」

「ああ、忠助さんですか。とんでもないことをした男ですよね。忠助さん、お裁きが出たんですか」

「いや。忠助は昨夜、牢内で急死した」

「急死？」

おたみは口を半開きにした。

「そうだ。急に発作を起こした。持病があったのであろう。そなたと逢っているときに、持病のことをきいたことはないか」

「いえ、ありません。でも」

おたみは狡賢《ずるがしこ》そうな目を向けて続けた。

「ときたま、何だか苦しそうな顔をしていることがありました。やっぱり、何か病気でもあったんですかねえ」

調子を合わせていると思った。忠助には持病などないのだ。やはり、この女は忠助を知らない。だが、剣一郎は、

「そうか。そのほうも気づいていたか」

と、あえて話を合わせた。

「ええ。でも、忠助さんはいずれ処刑されてしまう運命だったんですよね」

おたみは平然と言う。

「そうだ。あれだけのことをしでかしたのだから、引き回しの上に獄門。そういうお裁きになっただろう」

「だったら、同じでしたね。どっちみち、助からなかったんだから」

おたみは口許に薄ら笑いを浮かべた。

「そういうことだ」

剣一郎は言ってから、

「こういう結果になったが、そなたと関わりのあった男だ。もし、亡骸《なきがら》を引き取って供養《くよう》したいというなら」

「冗談じゃありませんよ。そんな義理はありません」

おたみは剣一郎の言葉を途中で遮《さえぎ》った。

「しかし、ずいぶん深い関係だったようではないか。それに、あのような真似《まね》をしたのも、そなたの歓心を買いたいために兄の金をくすねたことが原因」

剣一郎はおたみの反応を窺うように言った。

「いやですよ。私たちはそんな深い関係じゃありませんよ」

「しかし、忠助のほうはそなたに夢中だったのだろう。亡骸を引き取って供養してやったら喜ぶと思うが」

「旦那。もう、あんな男のことは忘れました」

おたみは冷たく言う。

「そうか。まあいい。せめて、忠助とのことを思い出して供養してやることだ」

「はい」

おたみは気のない返事をした。

「邪魔をした」

剣一郎はおたみと別れ、『水月』の外に出た。

『水月』は単なる奉公人が足繁く通えるような料理屋ではない。

もっとも、おたみに言わせると、お店の金をくすねていたので金回りがよかったということになる。

いずれにしろ、おたみと忠助は関わりがない。おそらく間夫に頼まれて嘘をついたのに間違いない。

おたみに間夫がいたことは佐々木竜蔵の調べによっても明らかだ。朋輩《ほうばい》が、間夫は忠助に似ていると言っていた。

おそらく、朋輩はおたみの間夫をちらっとしか見ていない。ただ、若い男と思っただけで、忠助の顔を見たわけではないだろう。

おたみに忠助に似たような間夫がいることは間違いない。忠助が死に、事件の片がついたと思えば、おたみと間夫はまた逢瀬をはじめる。そのとき、間夫の正体を摑むのだ。

『高松屋』のおひさや与兵衛とともに時間の経過につれて本性が現れるはずだ。

再び東海道《とうかいどう》を品川《しながわ》方面に向かい、浜松町三丁目にやって来た。

浜松町三丁目に蠟燭問屋『門倉屋』があった。三年前に新しく店を開いた。主人の佐太郎は三十三歳の遣《や》り手《て》だった。

この界隈《かいわい》は老舗の『高松屋』が増上寺を中心に一手に客を掴んでいたが、『門倉屋』が『高松屋』より安く蠟燭を売り出し、徐々に『高松屋』の客を奪っていった。

そんなとき、主人の佐太郎が芝神明前の料理屋で呑んでの帰り、暴漢に襲われ、瀕死の重傷を負った。

右足と左手がだめになり、いまは店をひと手に渡し、金杉橋《かなすぎばし》に近い一軒家で養生を兼ねて細々と暮らしている。

剣一郎は『門倉屋』の前に立った。あまり、繁盛しているとは思えない。主人は冴えない感じの中年男だった。

剣一郎は店先に立った。

「へい、いらっしゃい」

主人は眠そうな声を出した。

「いや、客ではない。そなたが、亭主か」

「はい。さようで」

「ちと訊ねるが、亭主は前の『門倉屋』の佐太郎とはどういう関係であったのだな」

「ひょっとして、あなたさまは青痣与力さまで」

主人は目を見開いた。

「さよう」

「失礼いたしました。私は勘平《かんぺい》と申します」

勘平は再び眠そうな目に戻って、

「私は以前浅草《あさくさ》のほうで蠟燭問屋をしてましたが、『門倉屋』さんのご主人が大怪我をしてお店を続けられなくなった。それで、お店を引き取ってくれないかと頼まれました。客をたくさん摑んでいるというので大枚《たいまい》を叩《はた》いて買い取りましたが、いやはや」

と、うんざりしたような顔をした。

「客は離れて行ったのか」

「はい。前の主人の佐太郎さんについていた客で、お店についていたわけではなかったのです。私に商才がなかったと言ってしまえばそれまでですが。まあ、それでもぼちぼちやっていますが」

勘平はぼやいた。

「そうか」

「まあ、そのうち、売り払おうと思っています」

「商売は地道にやることだ。いずれ、いいこともあろう」

「はい。ありがとう存じます」

「ところで、『高松屋』とはつきあいはあるのか」

「亡くなった太兵衛さんとは寄合で何度かお会いしました。不幸な目に遭って……」

勘平は同情してから、

「青柳さま。何かお調べで？」

と、きいた。

「いや。そうではない。『高松屋』と少しでも関わりあった者に知らせておこうと思ってな。太兵衛を殺した忠助という男が昨夜、牢内で急死したのだ」

「急死？」

「持病があったようだ。病死しなくとも、処刑される運命だったがな」

剣一郎は勘平にも忠助のことを告げた。こうやって、触れまわっておけば、白虎という男の耳にも入るだろう。

「そうでございますか。これで、太兵衛さんも少しは浮かばれるでしょうか」

勘平は目をしょぼつかせた。

「そうであろうな。邪魔をした」

剣一郎は『門倉屋』を出た。

それから、さらに金杉橋を目指した。

佐太郎が住んでいる家は柴垣《しばがき》で囲われていた。格子戸を開けて訪問を告げると、三十ぐらいの暗い感じの女が出て来た。佐太郎の妻女かもしれない。

「私は南町奉行所の青柳剣一郎と申す。佐太郎はおるか」

剣一郎は用向きを告げた。

「はい。どうぞ、庭におまわりください」

「わかった」

土間を出てから、庭木戸を押して進む。縁側に、男が片足を投げ出して座っていた。さっきの女が隣に来ていた。

「こんな恰好《かっこう》で失礼します」

佐太郎が片足を投げ出したままの恰好で言った。

「突然、押しかけてすまぬ」

剣一郎は謝してから、

「まだ、傷は痛むのか」

と、きいた。

「はい。なかなか治りません」

「そなたを襲った暴漢はついにわからずじまいだった。思い当たる節はなかったのか」

「はい」

ふと、佐太郎の目が鈍く光った。

「気になることがあれば、なんでも話してくれ」

「いえ」

佐太郎は首を横に振った。

「高松屋太兵衛を疑っているのではないのか」

剣一郎がきくと、佐太郎ははっとした。

「もう太兵衛はいないのだ。思うところを話してもらいたい」

「はい」

佐太郎は右足をさすりながら、

「私は強引な商売をやっていましたから同業者からかなり恨まれていたと思います。

増上寺を中心に芝一帯の寺院や武家屋敷はほとんどが『高松屋』と取引をしていました。そこに私は切り込んでいきました。まあ、接待攻勢です。それに、蠟燭の値を安くしました。そのかいがあって、徐々に『高松屋』から『門倉屋』に取引を替えてくださいました。太兵衛さんは、そのことに危機感を持っていたのは確かです」

佐太郎は表情を強張らせた。

「そんなときに、襲われたのです。正直、太兵衛さんがひとを雇って私を襲わせたのかもしれないと思いました。でも、証拠はありません」

「白虎という通り名の男を知っているか」

「白虎ですか。いえ」

「そうか。聞いたこともないか。で、太兵衛以外に心当たりは？」

「いえ」

佐太郎は首を横に振った。

「このたびの『高松屋』で起こったこと、そなたはどう思った？」

「町廻りの佐々木さまからも訊ねられましたが、私にはわかりません」

「そなたは太兵衛に恨みを持っておろう」

剣一郎はさりげなくきいた。

「はい。正直、太兵衛さんが私をこんな体にしたのだと思っています。出来ることなら仕返しをしたい。それは太兵衛さんを殺すことではありません。商売の上で、『高松屋』を叩き潰すということです」

佐太郎は激しく言ったが、すぐ儚《はかな》げに笑って、

「でも、こんな体じゃ、どうすることも出来ません」

と、右足を叩いた。

「それに」

と、佐太郎は続けた。

「こんなになった私たちに何かと手を差し伸べてくれたのが太兵衛さんなんです」

「なに、太兵衛が？」

「ええ、この家を見つけてくれたのも太兵衛さんです。ときには金銭的にも援助してくれました。でも」

佐太郎は複雑な表情をした。

「それも、罪滅ぼしではないかと邪推《じゃすい》しても、現に援助してもらっていることはありがたいことでしたから」

「援助というと？」

「さっきも言いましたように、私は客の歓心を得るためにかなり金を使いました。その借金が残ったままでした。その借金を肩代わりしてくれました」

「肩代わりだと？　いかほどだ？」

「あの店を売った金で返した残りの二百両です」

「二百両か」

そこまでするのは、佐太郎が言うように、罪滅ぼしとも考えられなくはない。

「こんな体になっちまって、太兵衛さんの援助はありがたかったので、詮索はしまいと決めましてね。証拠がないのに、あれこれ考えても仕方ありませんから」

「そうか」

太兵衛が死んだいまとなっては、真相はわからないままだ。

「ところで、医者はなんと言っているのだ？」

「この足ですかえ。暖かくなれば、痛みは和《やわ》らぐと。右足がだめでも、杖《つえ》をつけば少しは歩けるようになると言ってくれています」

「そうか。気を強く持てば、きっと再起出来る」

「はい。ありがとう存じます」

頭を下げたあとで、思い出したように、佐太郎がきいた。

「あの事件、ほんとうに忠助さんがやったんでしょうか」

「忠助を知っているのか」

「はい、何度か太兵衛さんのお供で寄合に来てました。もっとも、外で待っていただけですが。私にはあのひとが、太兵衛さんを殺したとはいまだに思えないのです」

「そうか」

佐太郎がどういう意味で忠助の話を持ちだしたのかわからない。佐太郎が誰かをつかって太兵衛を殺した可能性も捨てきれないのだ。

「そのことだが、忠助は昨夜牢内で急死した」

剣一郎は佐太郎にも忠助の死を知らせた。

「えっ。いま、なんと？」

佐太郎は顔色を変えた。

「忠助には持病があったようだ。急に発作を起こした。牢屋医師が駆けつけたが、ほとんど手遅れだった」

「そうでございますか」

「もっとも、いずれ処刑される運命にあったがな」

「やりきれないことでございます」

佐太郎はしんみり言った。

「ところで、そなたが店を譲《ゆず》った勘平という男のことだが」

剣一郎は話題を変えた。

「どういうきっかけで勘平に店を？」

「太兵衛さんですよ。店を買ってくれるひとを探し出してくれたんです」

「そうか。太兵衛の世話か」

「はい。太兵衛さんにすべてを任せていましたから、勘平さんがどういうひとかは知りません。ただ、お金は持っていたようです」

「そうか。太兵衛か」

やはり、太兵衛は罪滅ぼしをしていたのだと、剣一郎は思った。

第三章　もうひとりの死

一

昼下がりの町外れは行き交うひとの姿はあまりない。冷たい風が吹きつけている。

いろいろな行商をしてきたので、忠助は煙草《たばこ》売りに化けることはわけはなかった。背中に国分《こくぶ》と書かれた荷箱を背負い、手拭《てぬぐ》いを吉原《よしわら》かぶりし、紺の股引きに着物を尻《しり》端折《ぱしよ》りして、神谷町にやって来た。

その一軒家の背後は武家屋敷の塀が続いている。ここは太兵衛の妾のおゆみの家だ。兄はおゆみのことは誰にも言わなかった。だが、おひさは気づいているようだと言った。おゆみは太兵衛が死んでからどうしているのだろうか。牢内で思い出して、気になってならなかった。

兄はときたま忠助を連れて遊びに行った。しかし、それは忠助を出しにして、おゆみの家で過ごすためだった。

その間、忠助は近くの一膳飯屋でひとりで過ごした。

おゆみはやさしい女だった。店にいる時には心が休まることがない兄の姿を見ていたので、こんな形でも役に立てるのは嬉しかった。

兄が死んだことをおゆみは当然知っているはずだ。いまどうしているのか。兄からの手当てがなくなり、どうやって暮らしているのだろうか。

二階の雨戸は閉まったままだ。留守かもしれない。念のために格子戸を引いてみたが、開かなかった。裏口にまわると、外から鍵がかかっていた。

うろついていると怪しまれるので、忠助はその場を離れた。

増上寺の脇を通る。周囲には寺や増上寺の子院が多く、また武家屋敷も並んでいる。ほとんどが『高松屋』の有力な客だった。

夕暮れて来た。西陽を背中に受けながら、忠助は飯倉神明宮に向かった。

神明宮前の水茶屋や楊弓場の近くには男たちがうろついている。矢場女《やばおんな》の色っぽい誘いに若い男が楊弓場に入って行った。

忠助はそこからゆっくり『水月』のほうに向かった。楊弓場の前にたむろしていた男たちの中のひとりが、忠助を追って来た。

「さっき、おたみが『水月』に入って行った」

追い抜きながら男が声をかけた。文七だった。おたみの間夫《まぶ》を見つけようとしているのだ。文七はそのまま離れて行った。

それから、忠助は東海道に出て芝口一丁目に向かった。その隣の仮店はふつうに店を開いていた。

『高松屋』の新しい店はだいぶ出来ていた。その隣の仮店はふつうに店を開いていた。店の前を行き過ぎるとき店の中を見た。番頭の与兵衛の顔があった。

芝口橋の手前で引き返した。再び、『高松屋』の前に差しかかったとき、忠助はあわてて顔をそむけて足早に行き過ぎた。

おひさが出て来たのだ。どこかへ出かけるようだ。立ち止まって振り返ると、おひさは芝口橋に向かった。

忠助はあとをつけた。だんだん、薄暗くなっていく。芝口橋を渡り、おひさは三十間堀川のほうに向かった。

そのまま、堀沿いを北に向かった。途中にある船宿や料理屋などを素通りして紀伊《きの》国橋《くにばし》を渡り、木挽町一丁目にやって来た。

門の両脇に柳が立っている小粋な門構えの料理屋に入って行った。看板に『よしずみ』とある。誰かと待ち合わせか。辺りは薄暗くなり、忠助は少し離れた場所に移動した。

白虎かもしれないと思った。おひさは白虎らしい男と木挽橋近くの船宿で会っていたことがある。

四半刻（三十分）ほどして羽織姿の男がやって来るのがわかった。番頭の与兵衛だった。与兵衛はいそいそと門を入って行った。やはり、ふたりは出来ていたのだ。

忠助が死に、事件が片づいたと判断して動きはじめたのだ。

しかし、だからといって、ふたりがつるんで太兵衛を殺したという証拠にはならない。太兵衛の死後、寂しいのを慰《なぐさ》め、励ましてくれた与兵衛に思いを寄せるようになったという言い訳を用意しているはずだ。

それに、ふたりが結託して太兵衛を殺し、忠助をはめたとしても、お店を燃やす必要はない。もっとも、あのふたりは小心だから、そんなだいそれたことをできるわけがない。

ふたりを操っている人間がいる。それが増上寺で見かけた男、白虎だ。その男がすべての筋書きを書いた。

そうだとすれば、いくらふたりを追及しても、無駄だろう。その男の居所をふたりは知らないだろう。ふたりの役割は、自分を下手人に仕立てる証言をすることだけなのだ。

太兵衛を殺したかったのは白虎だ。その理由がわからない。

忠助は来た道を戻って再び飯倉神明宮に向かった。

芝口橋を渡り、『高松屋』の前を通る。雨戸を閉めはじめていた。

神明宮に向かう。明かりが輝き、賑わっている。その賑わいを尻目に、『水月』に行った。

おたみが引き上げるまでまだ間がある。『水月』の門を見渡せる場所に立ち、背中の荷を下ろした。

どこにいたのか、文七が現れた。

「あやしい客は出入りしていない」

間夫が客のひとりの可能性もあるので、文七は出入りする客を見張っていたのだ。

「おひさと番頭の与兵衛が木挽町一丁目の料理屋に別々に入って行きましたぜ」

忠助は告げた。

「そうか。とうとう動き出したか」

「へい」

「だとすると、おたみと間夫も動き出すかもしれねえな」

文七が厳しい顔で言った。

「それから文七さん。兄に妾がいたことをご存じでしたかえ」

「なに、妾?」

「はい。神谷町におゆみって女を囲ってました」

「青柳さまも知らないはずだ。ということは、妾の存在を誰も知らなかったのか」

文七が唖然として言う。

「いえ、義姉《あね》は気づいていたと思います。ということは番頭の与兵衛も知っていたはず。そうですか。やっぱり、話していなかったのですか」

「知っていて、黙っていたとはどういうわけだ?」

「文七さん。まさか、おゆみも一味ってわけでは?」

そうだとしたら、太兵衛は妻と妾のふたりに裏切られたことになる。それでは、兄が可哀そうな気がした。

「いや。妻女と妾がつるむなんて考えらない。おゆみの住まいは神谷町だな」

「へい。町外れの一軒家です」

文七がきいた。

「わかった。ともかく、このことは青柳さまに知らせておく」

「へい」

ぼちぼち、引き上げる客が目立って来た。中には駕籠《かご》で帰る客もいた。

五つ半（午後九時）を過ぎ、最後の客が女将《おかみ》に見送られて帰って行った。

それから四半刻後、おたみが風呂敷包《ふろしきづつみ》を腕に抱えて出て来た。

おたみは大門のほうに向かった。

「よし。つけよう」

文七がおたみを追った。忠助もあとに続く。

おたみは表門の脇門から増上寺に入った。そして、境内《けいだい》を突っ切った。文七と忠助は黒い影を追う。

坂道を上って神谷町のほうに向かった。

そして、まっすぐ行けばおゆみの家に出る手前の横町を曲がってしばらく行ったところにある裏長屋に入って行った。

「ここで待っててくれ」

木戸口で忠助を待たせ、文七はひとりで長屋路地に入った。すぐに戻って来た。

「ひとりだ。男はいない」

「まだ用心しているんでしょうか」

「そうかもしれない」

しばらく長屋木戸を見張っていたが、やって来るひと影はなかった。

「今夜は来ない。明日にしよう」

そう言ってから、文七が言った。

「ついでだ。おゆみの家に案内してくれ」

「わかりやした。こっちです」

忠助は横丁を出て、町外れに向かった。ひと通りの絶えた往来に犬が横切った。

「あの家です」

忠助は指さした。

やはり、真っ暗だった。家のそばに近付いたが、さっき見たときと同じで雨戸も閉まっていた。

「留守だな」

文七がいった。

「引っ越したんでしょうか」

「さあな。よし、引き上げよう」

「へい」

文七の言葉に従い、忠助は引き上げることにした。

霊岸島町の長屋に帰って来た。

文七と別れ、自分の部屋に入った。

四つ（午後十時）になったが、まだ眠れそうになかった。火鉢の灰をかき分け、熾火《おき》を取り出した。火箸でつまんで息を吹きかけると、赤く火が熾ってきた。炭をくべた。

徳利を引き寄せ、湯呑みに酒を注いだ。喉に流し込むと五臓六腑《ごぞうろっぷ》に染みた。

牢にいる連中はどうしているだろうか。大きな鼾《いびき》をかいていた男が殺されたことを思いだした。まさに、あそこは地獄だった。

俺は運がよかった。これも青柳さまのおかげだ。青柳さまに助けられた命だ。なんとしてでも白虎を見つけなければならない。

兄太兵衛と白虎はどういう知り合いなのか。『門倉屋』を襲わせるために、兄が雇ったのだろうか。

やはり、『門倉屋』の主人を襲わせたのは兄のような気がする。

増上寺で会った以外に兄は白虎と会っているのだろうか。おひさは船宿で白虎らしき男と会っている。おひさはどうして白虎を知っているのか。

そう言えば……。忠助は思い出したことがあった。

あれはいつごろのことだったか、残暑の厳しい夜だった。眠れずに、物置小屋を出て庭で涼んだ。そして、何気なく母屋のほうに目をやったとき、廊下の突き当たりにある厠から出てきた男がいた。遠くから後ろ姿を見ただけなので、顔はわからない。だが、兄ではなかった。

それから、半月後ぐらいに、障子《しょうじ》に三つの影が映っていた。ふたつの影は兄とおひさだとわかった。もうひとりは客だと思った。

もしかしたら、客は白虎という男だったかもしれない。つまり、白虎はおひさとも面識があったのだ。

なぜ、兄は白虎を自宅に招いたのだ。何かの相談をしていたのか。あの頃、何があったのか。

ますます、白虎が大きな存在になってきた。

このことを文七に話しておいたほうがいい。忠助は朝になったら、さっそく話すつもりだった。

二

翌朝、髪結いが引き上げるのと入れ違いに文七がやって来た。

「どうだ、何か動きはあったか」

庭先に立った文七に、剣一郎は目をやってきいた。

「『高松屋』のおひさと番頭の与兵衛が木挽町の料理屋で落ち合ったそうです」

「さっそく動いたか」

ふたりが出来ていたのは想像通りだ。

「おたみのほうはまだです」

「うむ」

「青柳さま。きのう、忠助から聞いたのですが、太兵衛にはおゆみという妾がいたそうです」

「妾?」

剣一郎には思いがけない話だった。これまで、誰の証言からもそのような話は出ていない。

「おひさと与兵衛も知っていたはずだと、忠助は言っています」

「知っていて、なぜ話さなかったのか」

剣一郎は不思議に思った。

「それから、おゆみとおたみの住まいは近いのです」

「近い？ ふたりは顔見知りの可能性があるということか」

「はい」

「それより、どうして本人が名乗り出ないのか。日陰の身だからと遠慮したのか」

剣一郎は不可解に思った。旦那が死んだのに、何もせずにじっとしているのは解《げ》せない。本妻に遠慮して『高松屋』に顔が出せないのか。それとも太兵衛の弔《とむら》いにひっそりと参列したのか。

いや、そうなら誰かがいわくありげな女の存在に不審を持つのではないか。やはり、おゆみは現れなかったのだ。そして、おひさや与兵衛もおゆみのことを黙っていた。何かある。たちまち、不安が押し寄せた。

「文七。場所はわかるか。案内せい」

剣一郎はすっくと立ち上がった。

編笠をかぶり、剣一郎は文七の案内で神谷町にやって来た。

「確か、こっちです」

昨夜、忠助に案内してもらった道順にしたがって、文七は町外れにやって来た。

「青柳さま。あそこです」

小体な一軒家はいかにも女がひとりで住むのにふさわしい。

文七が格子戸を叩いて呼びかける。だが、応答はなかった。文七は裏にまわった。

すぐに戻って来た。

「鍵がかかっています。留守です」

向かいの家からひとが出て来た。年寄りの男だ。

剣一郎はその男に声をかけた。

「この家はおゆみという女が住んでいるときいたが？」

「はい。そうです」

「いまも住んでいるのか。留守のようだが、何か聞いているか」

「いえ。ずっと閉まったままです」

年寄りは不思議そうに答えた。

「いつからだ？」

「はい。ひと月ほどは経っています」

「ひと月だと……」

剣一郎は胸騒ぎがした。太兵衛が殺された頃からだ。

「この家の大家は？」

「自身番の並びに住んでいます」

「呼んで来ます」

文七が駆けて行った。

大家がやって来る間、剣一郎はおゆみについて訊ねた。

「おゆみはひとりで暮らしていたのか」

「そうです。ひとりでした。自分で、食事の支度も洗濯もしていました」

「どんな暮らしをしていた？」

「旦那持ちらしく、優雅に暮らしてました」

「旦那を見かけたことはあるか」

「何度か見かけましたが、いつも夜なので顔は見ていません」

「旦那以外に訪れる者は？」

「ほとんどありません」

「いつから、ここに？」

「一年ぐらい前です」

「その間、ほとんど人づきあいはないのか」

「はい」

文七が戻って来た。小肥りの男がついて来た。

「大家を連れて来ました」

「何かございましたか」

急かされたのか、大家の息が弾《はず》んでいる。

「この家の主のおゆみがひと月ばかり姿を見せないらしい」

剣一郎は言った。

「しばらく実家にかえっているそうです」

「実家に？　誰から聞いたのだ？」

「おゆみさんの使いのひとです。半年分の家賃を置いて」

「どんな人間だ？」

「はい。夜にやって来て、おまけに手拭いで頬かぶりをしていたので顔はよくわかりませんが、三十ぐらいの男でした。急いでいるようでした」

「会ったことのない男だな」

「はい」

大家は不安そうな顔になった。

「わかった。入ってみる」

「はい」

大家は息を呑んだ。

剣一郎は文七に目顔で言い、庭のほうにまわった。

植木がたくさん置いてある。が、手入れがされていない。

庭先に立った。文七が雨戸の敷居に匕首を突っ込み、簡単に雨戸を外した。

剣一郎は沓脱《くつぬ》ぎから廊下に上がった。文七も続く。大家は庭で待っていた。

居間と寝間、台所と見たが、ひとの気配はない。長火鉢では炭が燃え尽きている。灰をかけた様子はない。

出かけるのなら、炭を消壺《けしつぼ》に入れるはずだ。つまり、火を消したあとがない。湯呑みが出しっぱなしなのも気になる。

何かあったのだ。連れ去られたのか。

台所に行った。天窓から陽光が射し込んでいる。ふと、微《かす》かに異様な匂いがしたように思えた。床板をみる。床板の端に傷跡があった。刃物を入れてこじあけたようだ。

「文七」

剣一郎は声をかけた。

「この床板をあげてみよ」

「はい」

文七が床板を持ち上げた。さらに、数枚。床下が現れた。

「青柳さま」

床下を覗《のぞ》いた文七が息を呑んだ。

剣一郎も覗いた。何か横たわっていた。

「明かりを持て」

剣一郎は命じた。

文七が行灯《あんどん》の灯を入れて持って来た。

剣一郎は行灯の明かりを床下に照らした。ふとんが簀巻《すま》きにされて紐《ひも》で結わえてある。その端から髪の毛が覗いている。

剣一郎は顔を上げた。

「おゆみであろう。自身番に知らせてくれ」

「はい」

文七は庭に下りた。

代わって、大家がやって来た。

「あの、おゆみさんがいたんですかえ」

大家が不思議そうにきいた。

「床下に埋められていた」

「ひぇえ」

大家が腰を抜かした。

おゆみの死体が部屋にあげられた。

冷たい床下に置かれていたせいか、腐乱はそれほどひどくはなかった。

この界隈を縄張りとする定町廻り同心の佐々木竜蔵は死体を検《あらた》めてから、

「やはり、死後ひと月は経っていると思われます」

と、剣一郎に言った。

「このおゆみは、殺された『高松屋』の太兵衛の妾だった可能性がある」

剣一郎が話すと、佐々木竜蔵は目を剝《む》いて、

「ほんとうですか」

と、きき返した。

「部屋の中を調べ、それを確かめるんだ」

「はっ」

佐々木竜蔵は簞笥《たんす》や柳行李《やなぎごうり》の中まで調べた。剣一郎も神棚や長火鉢の周辺に置いてある煙草盆や手文庫も調べた。

手文庫の中に手紙や証文がある。

「青柳さま」

佐々木竜蔵がやって来た。手に羽織を持っている。

「簞笥の中にこれが入っていました。『高松屋』の紋です」

「ここにもこんなものがあった。太兵衛の証文だ」

そこには、自分が万が一のときは、おゆみの暮らしが立つように、という内容が書かれ、太兵衛の名と花押《かおう》が押してあった。

自分が死んだらこの証文を『高松屋』に持って行くようにとおゆみに話していたに違いない。

「太兵衛の妾であったことに間違いありませんね」

佐々木竜蔵が昂奮して続けた。

「殺されたのは太兵衛と同じ頃でしょうか」

「同じ日だ」

剣一郎が言い切った。

「同じ日？」

「長火鉢の炭は燃えきっていた。夜の早い時間に殺されたのだ。太兵衛が殺される前だ。太兵衛とおゆみを殺したのは同じ人間だ」

下手人は最初におゆみを殺し、それから『高松屋』に行ったのだろう。

「えっ。でも、太兵衛は忠助が……」

佐々木竜蔵の顔色が変わっていた。

「ともかく、殺されたのは『高松屋』の事件のあった日とみて間違いない。ひと月も経っているが、なんとか手掛かりを掴むのだ」

「はい」

あとを佐々木竜蔵に任せ、剣一郎はおゆみの家を出た。文七がついてくる。

「『高松屋』に行ってみる」

剣一郎は文七に言った。

「なぜ、おゆみまで殺さねばならなかったのでしょうか」

文七が首を傾げた。

「単純に考えれば、太兵衛が誰に殺されたか、おゆみにはわかるからであろう」

そう答えたが、いまひとつ腑《ふ》に落ちない。

そうだとすると、太兵衛は命を狙《ねら》われているとおゆみに話していたことになる。太兵衛がそんな危機感を持っていたら、忠助なり、他の人間にもそれらしきことを話すのではないか。

話さなくても、太兵衛が何かに怯《おび》えているようなら、忠助も気づいたはずだ。つまり、太兵衛は自分が狙われるとは思いもしなかったのではないか。

だが、下手人はふたりを殺した。ふたりを殺さねばならぬ何か理由があったのか。

そうだったとしたら、なぜ別々に殺さねばならなかったのか。

おゆみの家に太兵衛が来ているときに押し入って殺せばよかったはずだ。なぜ、太兵衛とおゆみは別々に殺されたのか。

そこで、またも引っかかるのは、なぜ下手人は火を放ったのか。『高松屋』を燃やすことも目的のひとつだったのか。

しかし、おひさと番頭の与兵衛にとって『高松屋』を燃やしてどのような得があるというのか。

途中で、文七が足を止めた。

「青柳さま。あそこがおたみの住んでいる長屋です」

文七が教えた。おゆみの家とは目と鼻の先だった。ふたりは面識があった可能性がある。なにしろ太兵衛は『水月』でおたみと何度も顔を合わせている間柄だ。

おたみの住まいを確かめただけで、剣一郎は芝口一丁目に向かった。

『高松屋』の前にやって来た。剣一郎は文七を少し離れた場所に残して、ひとりで『高松屋』に向かった。

店先に立つと、奥から番頭の与兵衛が出て来た。

「これは青柳さま。きょうはどのような御用で?」

探りを入れるような顔つきだ。

「内儀を呼んでもらいたい。ふたりにききたいことがある」

「ふたりに?」

与兵衛は一瞬顔をしかめた。

「少々お待ちを」

丁稚《でっち》に、おひさを呼びに行かせた。

「いったい、どのようなことでございましょうか」

「太兵衛におゆみという妾がいたことを知っているか」

剣一郎は与兵衛の反応を窺った。

「えっ。いいえ、知りません」

与兵衛はあわてたように答えた。

「まことか」

「はい。旦那さまにそのような女がいたなんて」

与兵衛は落ち着かぬげに答えた。

そこにおひさが出て来た。

「青柳さま。なんでございましょうか」

にこやかな顔できいた。

「いま、与兵衛にも訊ねたが、太兵衛におゆみという妾がいたことを知っていたか」

「妾ですって。いえ、知りません。それはほんとうのことでございますか」

おひさは顔色ひとつ変えずにきき返した。

「そうか。知らなかったか」

嘘をついているという感じはなかった。ほんとうに知らなかったと思わせるような態度だった。

しかし、忠助は知っていたと言っているのだ。

「そのおゆみがどうかなさいましたか」

落ち着いた口調で、おひさはきいた。与兵衛より役者が一枚上だ。

「神谷町の住まいで死んでいるのが見つかった。殺されていた」

「えっ」

おひさと与兵衛が同時に短く叫んだ。

「殺された? いったい、誰にでございますか」

おひさは眉根を寄せていた。

「まだ、わからぬ。ただ、殺されたのは太兵衛と同じ日の可能性がある」

「同じ日? では、忠助が?」

与兵衛が口をはさんだ。

「どうして、そう思うのだ?」

「それは……」

与兵衛が言いよどんだ。

「青柳さま。どうして、その女が太兵衛の妾だとわかったのですか」

与兵衛に助け船を出すように、おひさがきいた。

「おゆみは、太兵衛の書いた証文を持っていた。自分に万が一のことがあれば、その証文を『高松屋』に持っていけと。つまり、その証文は、おゆみの暮らしが立つようにせよという太兵衛の遺言だ」

「……………」

「もし、おゆみが生きていたら、太兵衛が死んだあと、おゆみは証文を持って『高松屋』に乗り込んだであろう。もちろん、通夜《つや》にも顔を出したはずだ。だが、そのとき、おゆみはすでに殺されていたというわけだ」

おひさと与兵衛は黙ったままだった。

「もう一度、訊ねるが、おゆみのことをほんとうに知らなかったのか」

「はい」

おひさが答える。

「与兵衛はどうだ？」

「知りません」

与兵衛は目を伏せた。

「あとで、嘘をついていたことがわかったら、そなたたちは少し困ったことになるのだ。わかっているか」

「困ったことと仰《おっしゃ》いますと？」

「あの証文を持って来られたら、おゆみにそれなりの金を与えなくてはならない。だから、殺したということも考えられる」

剣一郎は威《おど》した。

「冗談じゃありませんよ」

おひさが口許を歪《ゆが》めた。

「与兵衛」

剣一郎は呼びかけると、与兵衛はびくっとした。

「はい」

「そなた、あの夜、夜の五つ（午後八時）過ぎに帰ったと言っていたな」

「そうです」

「まっすぐ長屋に帰ったということだが、それを証すものがあるか」

「………」

「そのまままっすぐ神谷町に向かったとも想像出来る」

「げっ」

与兵衛が目を剝いて、奇妙な声を出した。

「何をおっしゃいますか。私が殺したとでも。なぜ、私がそんなことをしなければならないのですか」

「おゆみに『高松屋』に乗り込まれたくないからだ」

「おかしゅうございます」

おひさが反論した。

「なにがだ？」

「そうではございませんか。おゆみが証文を持って乗り込んでくるというのは太兵衛が死んでからの話。与兵衛が五つに引き上げたときは、まだ太兵衛は生きておりました。失礼ではございますが、青柳さまのお考えはずいぶん矛盾《むじゅん》に満ちております」

「その場合、与兵衛は太兵衛が殺されることを知っていたということになる」

「なんですって」

おひさの唇がわななないた。

もちろん、与兵衛がおゆみを殺したのではない。太兵衛とおゆみを殺したのは同じ人間だ。

「調べはこれからだ。邪魔をした」

剣一郎は立ち去った。

文七が近付いて来た。

「あのふたり、白虎という男に会いに行くかもしれぬ。あとをつけろ」

「はっ」

文七は『高松屋』に向かった。

おゆみの死体が見つかって、何かが動きだした。それにしても、おゆみはなぜ殺されねばならなかったのか。

そこに、一連の事件の秘密が隠されているような気がしてきた。

三

文七と別れてから、剣一郎は芝口橋を渡り、三十間堀のほうに足を向けた。

木挽橋を渡った袂《たもと》に『入船《いりふね》』という船宿があった。

戸口にいた女中らしい女に、女将を呼んでもらった。待つ間、堀に目をやる。もやってある船に船頭の屈《かが》んでいる姿が見えた。掃除しているようだ。

「お待たせいたしました。まあ、旦那。お久し振りにございます」

二年ほど前に、何かの聞き込みで顔を出したことがある。女将は覚えていた。

「また、ききたいことがある」

「なんでございましょうか。ここではお寒うございますから」

と、女将は愛嬌のある顔で土間に招いた。

「芝口一丁目にある蠟燭問屋『高松屋』の内儀を知っているか」

土間に入ってから、剣一郎は切り出した。

「はい。存じあげております」

「なぜ、知っているのだ？」

「ときたま、使っていただいておりました。深川《ふかがわ》や向島《むこうじま》方面に船を繰り出しておりました。亡くなられた旦那さまとごいっしょされたこともございます」

「そうか。それは好都合だ。ひと月半ほど前になる。ここに、内儀のおひさがやって来たはずなのだが？」

「ひと月半前ですか」

「そのとき、おひさは頭巾で顔を隠していた。三十過ぎの男と会い、四半刻ほどで引き上げた」

「思い出しました。確かに、お見えになりました」

「相手の男を知っているか」

「いえ。あのとき、はじめてお見えになりました」

「はじめて？」

「はい」

「では、どこの誰かはわからぬのだな」

「はい。ただ、『高松屋』の内儀さんは、土間に入って、光蔵《みつぞう》というお方が見えているはずですが、とお訊ねになりました」

「光蔵か。白虎という名は出なかったか」

白虎の光蔵という名なのか。

「白虎でございますか。いいえ」

「ないか」

「はい」

「光蔵はどんな感じの男だった？」

「目付きが鋭くて、なんだか不気味なお方でした。偉そうな口調で、まるで身分のあるひとのようでした」

「偉そうな口調で、身分のあるようだと？」

剣一郎は聞き咎めた。

「『高松屋』の内儀が来るまで、光蔵はひとりで待っていたのか。そのとき、応対した女中は何か覚えていないか」

「ちょっとお待ちください。呼んで参ります」

女将は奥に向かった。

待つほどのこともなく、若い女を連れて来た。

「この者がそのときのお客さまにお酒を運びました」

女将が言うと、女中はぴょこたんと頭を下げた。

「そのお客さんはあまり口をききませんでした」

女将から聞いたのだろう、女中は勝手に喋《しゃべ》り出した。

「ただ、『高松屋』の内儀さんがお見えになり、途中でお酒を運んだときに、日記帳という言葉が聞こえました」

「日記帳？　それは男が言ったのだな」

「はい。そうです」

「それに対して、『高松屋』の内儀は何と？」

「いえ、よく聞き取れませんでした」

「どうして、覚えていたんだ?」

「そのときのお客さんの顔がとても怖かったので、印象に残っていました」

「その他に何か」

「いえ、特には。ほとんど、おふたりだけで話しておりましたから」

「そうか。わかった。参考になった。礼を言う」

剣一郎はふたりに礼を言い、船宿を立ち去った。


その夜、八丁堀の屋敷に京之進がやって来た。

京之進は大工の留蔵殺しの探索を続けていた。

「青柳さま。ちょっとわかったことがございます」

京之進が切り出した。

「留蔵が、忠助と会ったことを認めておきながらすぐ前言を翻《ひるがえ》したことを調べておりましたが、留蔵には同じ長屋に好きな女がいたようなのです」

「好きな女だと」

「はい。おこうという女で、出戻りらしいのですが、仕立ての仕事をしています。ただ、留蔵の一方的な思いだったそうですが」

「うむ。しかし、どうして、おこうのことがわかったのだ?」

剣一郎は疑問を口にした。

「もう一度、大工仲間にききまわっているうちに、そんな話が出たのです。それで、おこうに訊ねたところ、留蔵から言い寄られていたことと、『高松屋』の内儀さんが訪ねてきたことがあると答えました」

「『高松屋』の内儀?」

「留蔵が、『高松屋』の内儀に、おこうに仕事を頼んでやってくださいと言ったらしいのです。それで、『高松屋』の内儀が仕立ての仕事を依頼に来たことがあったそうです」

留蔵は『高松屋』出入りの大工だ。物置小屋の改造をしているとき、おこうのことを勧めたのか。内儀は勘を働かせ、留蔵さんが好きなひとねと問いかけた。留蔵は心情を吐露《とろ》したのではないか。

「佐々木さまに確かめたところ、最初に留蔵に話を聞いたあと、その足で『高松屋』に行き、おひさと与兵衛に会っています、留蔵が忠助と会ったことを、ふたりに話しているのです。おそらく、そのあとで、おひさか与兵衛は真の下手人にそのことを告げに行ったのではないでしょうか」

「なるほど。おこうの名を出して留蔵を威したってわけか」

「はい。証言を翻さなければ、おこうに危害を加えるとでも言われたのかもしれません」

「そうだ。それに間違いない。京之進、よく調べた」

剣一郎は讃《たた》えた。

「いえ、あのとき、このことがわかっていたら……」

京之進は悔しそうに言った。

「いや。あの時点では止《や》むを得なかった。おこう自身、自分が威しの種に使われたとは想像もしていなかったはずだ」

剣一郎はなぐさめた。

「ただ、証拠がありませぬ」

「いや。証拠はなくとも、おゆみの件を含めて、あのふたりを追及すれば必ず落ちるはずだ」

「はい」

廊下に足音がした。

襖《ふすま》を開けて、多恵が姿を見せた。その後ろから、佐々木竜蔵が入って来た。

去って行く多恵に一礼をしてから、佐々木竜蔵は改めて剣一郎に挨拶をした。

「遅くなりました」

「そこへ」

剣一郎は京之進の横を指し示した。

竜蔵は京之進に会釈《えしゃく》をして腰を下ろした。

「報告を聞く前にふたりに話しておくことがある」

剣一郎は居住まいを正してから、

「ふたりに隠していたが、じつは忠助は生きている」

と、打ち明けた。

「えっ、それはまことで?」

竜蔵は顔を紅潮させた。心の昂《たかぶ》りが顔に出ていた。

「まことだ。病死として牢から出した」

剣一郎は経緯を語ってから、

「ふたりには隠していてすまなかった」

と、ふたりに詫びた。

「いえ、とんでもない。これで救われました。だんだん、忠助がはめられたとわかってきて、私はとんでもないことをしたと苦しんでいました。忠助が無事だったとは、なによりでございます。ほんとうに安堵しました」

竜蔵がほっとしたように言った。

「私もです」

京之進も声を上擦らせ、

「留蔵殺しの下手人を挙げられなかったために、忠助は無実を証明出来なかった。そのことを考えると、胸が張り裂けそうでした」

と、苦しかった胸の内を吐露した。

「今回のことを教訓とし、今後に生かせばよい」

剣一郎はふたりを力づけてから、

「いま、我らがやらなければならないのは、真の下手人を捕まえることだ。そのために、忠助は死んだことにしておく。そのつもりで」

「はい」

「では、そなたの話を聞く前に、京之進からの報告だ」

そう言い、留蔵が脅迫を受けた疑いがあることを話して聞かせた。

黙って聞いていた竜蔵は無念そうに唇を嚙んだ。

「そんなことがあろうとは……」

「止むを得ぬことだったのだ。さあ、そなたの話を聞こうか」

剣一郎は竜蔵に催促をした。

「はっ」

竜蔵は気を取り直したように畏まって切り出した。

「『高松屋』の事件の夜五つ前に、おゆみの家の裏口からふたりの男が出て行ったのを隣家の者が見てました。何分暗がりだったので、顔はわからなかったそうですが、ふたりとも笠をかぶっていたそうです」

「おゆみを殺して引き上げるところだったのだろう。その次の日に、男が大家の家に家賃を持って訪れたというわけだ」

「それから、愛宕ノ下《あたごしした》の大名小路《だいみょうこうじ》にある辻番所の番人が、ふたり連れの男が芝口一丁目方面に走って行ったのを見ていました。ふたりとも笠をかぶっていたということです」

「なに、笠を?」

「はい。おゆみの家から出て来たふたりに違いありません。それから、一刻（二時間）も経たないうちに火事騒ぎがあったのでよく覚えていたそうです」

「そのふたり連れは怪しげだったのか」

「なにやら、急ぎ足だったということです。雨が降りそうなので急いでいるのかと思ったそうですが、どうも顔を見られないようにしているようにも見えたと」

「だいたい、当夜の下手人たちの動きがわかってきた。おそらく、白虎という男が仲間とふたりでおゆみを殺して床下に埋めた。それから、夜道を走って芝口一丁目にやって来た。『高松屋』の裏手で待ち、忠助が出て行ったあと、庭に侵入。裏口の鍵をかけ、忠助がいなくなった物置小屋に入り、手代が裏口の鍵を確かめて引き上げるのを待った。そして、四つ前に、居間に忍び込んで太兵衛を殺した」

剣一郎はこの想像が大きく外れていないと思った。

「だが、ここでわからないのが付け火だ。なぜ、火を放ったのか」

剣一郎は京之進と竜蔵の顔を交互に見てから、

「わからないことは、もうひとつ。なぜ、おゆみを殺したのか。太兵衛とおゆみのふたりを殺すのが目的だとしたら、おゆみの家に太兵衛がやって来たときを襲えばいい。なぜ、それをしなかったのか」

と、疑問を投げかけた。

「忠助を犯人に仕立てたかったのでしょうか。ただ、おゆみ殺しまで忠助の仕業にするには無理がある。それで、おゆみの死体を床下に隠した」

竜蔵が意見を述べた。

「それもひとつの考えだ。しかし、いつかおゆみの死体は見つかる」

剣一郎は異を唱えた。

「それまでに、忠助が処刑されれば、事件の解明は出来ないと思ったのでは？」

「確かに、そうだ。我らが、ここまで辿《たど》り着いたのも忠助の証言があったればこそ。もし、忠助から聞かなければ、おゆみの死体の発見はもっと遅かったかもしれぬ。また、太兵衛殺しとは別物という見方がされただろう」

だが、剣一郎は続けた。

「しかし、そこに大きな疑問がある。なぜ、忠助を犯人に仕立てなければならなかったのかだ。忠助が狙いだったとは思えない。ただ、罪をかぶせるには忠助がふさわしかったというだけだ。そこで気になるのは火事だ。火をつけるなら、太兵衛を撲殺《ぼくさつ》し、焼死に見せかけたほうが、手の込んだことをして忠助を誘き出したりするより、はるかに楽だったはずだ。その方法を考えず、最初から忠助を下手人に仕立てようとしている。これは何を意味するのか」

剣一郎の問いかけに、ふたりは考え込んだ。

「真の下手人を侵入させるためには裏口の鍵を開けておかねばならなかった。そのために忠助を誘き出したのでは？」

竜蔵が思いつきを口にする。

「いや。鍵なら番頭の与兵衛が長屋に引き上げるときに外しておけばよい」

「物置小屋に忠助がいることが邪魔だったのではありませんか。居間の悲鳴が忠助に聞こえる可能性があった……」

今度は京之進が言う。

「いや。物置小屋と居間は少し離れている。悲鳴は聞こえない」

竜蔵が否定した。

「つまり、こういうことだ。最初から火をつけるつもりはなかったのだ。太兵衛だけを殺すつもりだった。だから、罪をかぶせる人間が必要だったのだ」

「では、火をつけたのは？」

竜蔵が真剣な眼差しできいた。

「太兵衛を殺したあと、何かがあったのだ。下手人にとって何かの手違いがあった。つまり、火をつけたのはとっさの思いつきだったのではないか」

剣一郎はそう思った。だが、何があってそうさせたのかはわからなかった。

「ただ、ここにひとつのとっかかりがある。あの火事は、おひさや与兵衛にとって予想外のことだったはずだ。そのことで、ふたりは真の下手人に対して面白く思っていないのではないか。明日、おひさと与兵衛を問い詰め、そのことを持ちだして真の下手人、白虎という男のことをきき出すのだ」

「わかりました」

ふたりは同時に答えた。

明日の段取りを話し終えてから、京之進と竜蔵は引き上げて行った。

ふたりが出て行ってから、剣一郎は障子を開けた。

濡縁《ぬれえん》に出ると、庭先に文七が控えていた。

「寒くはなかったか」

長い時間、庭にいて体が冷えているはずだ。

「着込んでおりますから」

普段と変わらぬ声の調子で、文七は答えた。

分を守り、文七は決して座敷に上がろうとしない。

「そうか。話は聞いたな」

剣一郎は確かめた。

「はい」

「このこと、忠助の耳に入れておくように」

「畏《かしこ》まりました」

「それから、白虎らしき男が船宿でおひさに漏らしたという日記について、何か心当たりがあるか忠助にきいてみてくれ」

「はい。では、私はこれで」

「待て」

剣一郎は呼び止めた。

手を叩くと、多恵が風呂敷包を持って来た。

「文七さん。これをお持ちなさいな」

多恵が文七に手渡した。

「これは?」

「もらいものだ。持って行くがいい」

剣一郎は微笑《ほほえ》んで言う。

「忠助さんといっしょに召し上がってください」

多恵が言うと、文七は風呂敷包を持ったまま深々と頭を下げた。

「ありがとうございます」

何度も礼を言い、文七は庭の暗がりに消えて行った。

「よくやってくれている」

「そう言っていただけると、私もうれしゅうございます」

多恵の父親に恩誼《おんぎ》があるということで、文七は多恵の頼みを聞き入れて、剣一郎の手足となって働くようになった。

多恵が話し出すまではと、こっちからきかないようにしているが、文七は多恵の腹違いの弟に違いない。

多恵は文七母子に陰から援助をしていたのだろう。おそらく、太兵衛も忠助には同じような思いだったのではないか。

「体が冷えて参りました。お部屋に戻りませぬと」

多恵の言葉に、剣一郎は頷いた。

四

夕飯にわずかに残っていた飯を食べただけで、忠助は霊岸島町の長屋に帰ってからずっと部屋で文七の帰りを待った。

きょう文七は八丁堀の青痣与力の屋敷に行っているのだ。五つの鐘を遠音に聞いてしばらく経った。

長屋路地のどぶ板を踏む足音がした。隣の文七の住まいを素通りし、足音は忠助の住まいの前で止まった。

腰高障子が開いた。

「よかった。まだ、起きていなすったか」

文七が寒そうに入って来た。

「寒いでしょう。さあ、早く当たって」

忠助は火鉢に当たっていた。

文七は急いで部屋に上がった。

「当たらしてもらうよ」

「ずいぶん、体が冷たそうだ。いったい、どうしたんだえ」

忠助は不思議そうにきいた。

「ずっと庭にいたんだ」

文七は青痣与力の屋敷の庭に、ずっと控えていたという。青痣与力の前ではやせ我慢をしたが、体は冷え切っていたと苦笑した。

「いま、燗《かん》をつける」

「すまねえ。奥様からいただいてきた。ふたりで食べろと」

文七は風呂敷包を忠助に差し出した。

包みを開いた忠助がほうという声を上げた。

「鰻《うなぎ》に天ぷら。それに、強飯《こわめし》だ」

「そいつはありがてえ。俺はまだ夕飯にありついてねえんだ」

暖をとりながら、文七は言う。

「あっしもいただいていいのか」

忠助が遠慮がちに言う。

「当たり前だ。ふたりで食べろってもらって来たんだ」

「おっと。燗がついた」

忠助は湯呑みに酒を注いで文七に渡した。

「すまねえ」

文七は受け取って、すぐ口に運んだ。

「うめえ。生き返るようだ」

それから、ふたりで鰻に箸をつけた。

「こいつは上物だ」

忠助もうれしそうに頰張った。

「忠助さん」

腹が満たされてきたのか、文七は小声になった。

「きょう、いろいろ話を聞いて来た。明日の朝、そこの稲荷で」

長屋は寝静まって、しんとしている。大事な話が漏れることを恐れたのだ。

「わかりやした」

忠助は頷いた。

「じゃあ、明日」

文七が隣に引き上げた。

翌朝、残りの強飯を食べ終えてから、忠助は部屋を出た。

気配は文七にも伝わったはずだ。長屋木戸を出るところで振り返ると、文七も家から出て来た。

橋を渡ったところに稲荷がある。赤い鳥居をくぐって社殿に向かう。

鈴を鳴らして柏手《かしわで》を打っていると、文七も並んで手を合わせた。

それから、境内の植込みの端に移動した。

「忠助さん。おゆみさんは殺されていた」

「えっ」

「床下に埋められていたんだ」

「おゆみさんまで殺されていたなんて」

忠助は唖然とした。

「太兵衛さんが殺された日の夜五つ前ごろ、ふたりの男がおゆみさんの家から出て行くのを隣家の者が見ていた。その男たちが、そのあとで『高松屋』に押し入ったと見られている」

「ちくしょう。いってえ、なんのためにおゆみさんまで」

「青柳さまも、そこを不思議に思ってらっしゃった」

忠助は大きく息を吐《つ》いた。

「それから、大工の留蔵さんには好きな女子《おなご》がいたそうだ。同じ長屋のおこうという女だ。賊はおこうのことで留蔵さんを威した可能性があるそうだ」

「留蔵さんに好きな女が？」

忠助は胸が痛んだ。

「片恋だ。留蔵さんの一方的な思いだけだ。だから、女のほうは自分が脅迫に使われたとはまったく気づいていないだろう」

「そうだったのか」

片恋とはいえ、好きな女がいたのかと、忠助はしんみりした気持ちになった。

「留蔵さんは好きな女のことを『高松屋』のおひさに話していたようだ」

文七はさらに続けた。

「青柳さまたちは、きょうにもおひさと与兵衛を問い詰めるそうだ。だが、ふたりは白虎という通り名の男のことを詳しく知らない可能性がある。事件のおおまかな流れはわかっても、肝心の白虎の正体は突き止められない。忠助さんを頼るしかないということだ」

「わかってます。必ず、探し出します。兄や留蔵さんだけじゃない、おゆみさんの仇もとらなきゃならねえ」

忠助は自分自身に言い聞かせるように言った。

忠助は手拭いをかぶり、荷箱を背負って、神谷町にやって来た。おたみの住む長屋の路地を入って行く。

奥まで行ってから引き返す。おたみの家の中から物音がした。そのまま素通りして、木戸を出た。

通りに向かって歩きだしたとき、忠助はあっと声を上げた。

向こうから来る遊び人ふうの男に見覚えがあった。三十歳ぐらいのちんまりした顔は、忠助を鉄砲洲稲荷に誘き出した男だ。

すれ違うとき、男はちらっと忠助の顔を見たが、何ごともなくそのまま行き過ぎて行った。

さりげなく振り返ると、男は今出て来た長屋の木戸に消えた。

文七が近付いて来た。

「どうした？」

「今の男。あっしを鉄砲洲稲荷に誘き出した男です」

「よし。出て来るのを待とう」

長屋木戸が見える隠れ場所として、斜《はす》向かいにある八百屋《やおや》の路地を選んだ。ふたりは、そこに身を隠した。

おそらく、さっきの男は白虎の使いだろう。だとしたら、そんなに長居はしないはずだ。やはり、すぐに男が出て来た。

「よし。俺がつける。おたみを頼む」

「わかった」

文七は男のあとをつけて行った。

四半刻後、おたみが出て来た。駒下駄《こまげた》を鳴らしながら切通《きりとおし》を下り、寺と武家屋敷にはさまれた道をすたすたと行く。

お店に行くのかと思ったが、神明前からそのままさらに東海道のほうに向かった。いよいよ、白虎に会いに行くのかと思い、緊張した。

おたみは浜松町に入った。そして、一丁目、二丁目と過ぎ、浜松町三丁目にやって来て、足の歩みがゆっくりになった。

おたみが向かったのは蠟燭問屋の『門倉屋』だった。

主人の佐太郎という男の強引な商売で『高松屋』を脅《おびや》かしたところだ。佐太郎が暴漢に襲われてから店を手放し、いまは主人が代わっている。

その店に、おたみは入って行った。まさか、蠟燭を求めるためではあるまい。

おたみの消えた店先を見ていると、後ろから肩をぽんと叩かれた。

驚いて振り返ると、文七が立っていた。

「文七さん。どうして……。じゃあ、あの男も」

「そうだ。『門倉屋』に入って行った」

「もしかして、『門倉屋』に白虎が？」

「その可能性は高い。忠助さん、頼んだ」

「ああ、必ず、見つけてやる」

「俺は念のために裏口を見張る」

文七は『門倉屋』の裏手にまわった。

忠助は『門倉屋』の戸口が見通せる場所を探し、瀬戸物問屋の路地に隠れた。

あまり流行《はや》っていないのか、客の出入りはない。陽は中天にさしかかって来た。風は冷たいが、陽射しは穏やかだった。

来ない。いや、すでに中にいるのだと、忠助は考えた。

半刻後、おたみが出て来た。そして、来た道を逆に辿って引き上げて行く。忠助はおたみをそのまま見送った。狙いはあくまでも白虎だ。

もうひとりの男はまだ出て来ない。焦《じ》れて来たとき、土間から男が出て来た。

(白虎だ)

兄や義姉が密かに会っていた男に間違いない。ついに見つけたと、忠助は昂奮した。文七は裏口を見張っている。白虎は神明町のほうに足早に向かった。

文七に知らせる時間はなかった。忠助は白虎のあとをつけた。

東海道はひとの往来が激しい。旅装の男女が行き交えば、武士や僧侶、大道芸人もいる。さらに駕籠《かご》や馬も通る。

白虎の姿はひとの陰に見え隠れしている。見失わないように、忠助は必死であとを追った。

神明町、宇田川町《うだがわちょう》と過ぎ、そのまま、『高松屋』のある芝口一丁目に向かった。こうなると、荷箱が邪魔だった。それに目立つ。

やはり、文七と別々になったのが失敗だった。白虎はすたすた歩き、背後を気にしている様子はない。

白虎は『高松屋』の前をさけるかのように芝口一丁目の手前で左に折れた。そして、土橋を渡って、町中を進んだ。

数寄屋橋御門外を通り、濠《ほり》沿いを北に向かった。

ふと、白虎の足がゆっくりになった。背後を気にしているような気がした。再び、足早になった。気づかれたかもしれないと、急に動悸が激しくなった。

危険だと思った。これ以上、無理だ。だが、諦めるわけにはいかなかった。ここで、見失ったら、二度と会えないかもしれない。

そう思いながら、あとをつけた。だが、足が震《ふる》えていた。

背後からひとが追い越し様に、

「『門倉屋』の見張りを頼む」

と、声をかけて行きすぎた。

あっと思った。文七だった。文七は気づいて、あとを追って来てくれたのだ。急に、膝《ひざ》ががくがくして、その場にしゃがみ込んでしまった。

通行人が薄気味悪げに見て通って行った。

五

その日の午後、剣一郎は佐々木竜蔵と共に本材木町三丁目と四丁目の境にある大番屋にいた。土間に敷かれた筵の上には『高松屋』の番頭与兵衛がいた。

自身番を経ず、いきなり取調べ番屋へ連れて来たのも疑いが濃いからだ。

与兵衛は微かに震えていた。

「与兵衛。おまえは太兵衛に妾がいることを知っていたな」

竜蔵がきいた。

「いえ、私は知りません」

与兵衛の顔は強張っている。

「では、おひさならどうだ?」

「知らなかったと思います」

「おひさは知っていた」

「いえ、知らなかったはずです」

「どうして、そう言い切れるのだ?」

「いえ、そんな話を聞いたことはありませんから」

「妙だな。主人の妾の話を話題にするほど、おまえとおひさは親しい間柄ということか」

「いえ、そういうわけでは……」

「では、おひさがおゆみのことを知っていたかどうか、おまえにわかるはずないではないか」

「……」

「おひさは知っていた。そのことは忠助が話した」

「えっ」

「忠助は太兵衛から聞いたことがあったそうだ。妾のことは、おひさに知られていると」

「まさか」

「もう一度きく。おまえは太兵衛に妾がいることを知っていたな」

「知りません」

「嘘ではないな」

「はい」

「もし、あとで嘘だとわかったら、相当不利になるが、それでも知らないと言うのだな」

「はい」

竜蔵が剣一郎の顔を見た。剣一郎は目顔で頷く。

「与兵衛。では、木挽町一丁目の『よしずみ』という料理屋を知っているな」

与兵衛ははっとしたように顔色を変えた。

「どうだ？」

「は、はい」

「先般そこで会っていた相手は誰だ？」

「お得意先のお方です」

「与兵衛。この期に及んでまだしらを切る気か」

竜蔵が大声を張り上げると、与兵衛は竦《すく》み上がった。

「誰だ、相手は？」

「………」

俯《うつむ》いた与兵衛の肩が震えていた。

「こっちに言わせる気か」

「いえ、内儀さんです」

「おひさとの仲はいつからだ？」

「旦那さまが亡くなり、お慰めしているうちに……」

「与兵衛。まだ、しらを切るのか」

「いえ、決して。『よしずみ』できいていただければわかります。私たちが行ったのは、あの事件のあとです」

「『よしずみ』に行ったのは確かにそうだ。だが、太兵衛が亡くなったからではない。『高松屋』が燃えてしまったからだ」

「どういうことか私には……」

「わからぬと申すのか」

「つまり、おまえは太兵衛が妾のおゆみのところに出かけた留守におひさの部屋に忍んでいたのだ。どうだ、与兵衛。言い逃れは出来ぬ」

がくっ、と与兵衛は肩を落とした。

「与兵衛」

剣一郎は呼びかけた。

「これ以上、嘘を重ねると、ほんとうにおゆみ殺しの嫌疑がかかる。よいのか」

「私は……」

与兵衛は泣き声になった。

「すべて、光蔵という男から持ちかけられたことでございます」

「光蔵とはどのような関係なのだ?」

剣一郎が鋭く問いかけた。

「旦那さまの知り合いです。ときたま、『高松屋』にやって来ていました」

「太兵衛と光蔵はどういう関係なのだ?」

「知りません。ただ、光蔵は旦那さまの前では頭が上がらないような感じでした。ですから、以前に何かの恩誼を旦那さまから受けていたのかもしれません。だから、旦那さまに頼まれて、『門倉屋』の佐太郎を半殺しの目に遭わせたそうです」

「やはり、太兵衛がやらせたのか」

剣一郎は佐太郎の不自由な体を思い出した。

「その光蔵が、なぜ、太兵衛殺しを持ちかけたのか」

「わけははっきり言いませんでしたが、旦那さまにいろいろ命令されることに我慢ならなかったのだと思います」

「なぜ、そなたたちに話を持ちかけたのだ？」

「私と内儀さんの仲に気づいていたからです。旦那さまがいなくなれば、お店はふたりのものという誘惑に負けてしまいました。それに、光蔵は、いやなら太兵衛に頼まれて門倉屋を襲ったことを世間にばらすと威したのです。そんなことになったら、『高松屋』の暖簾《のれん》に傷がつきます」

「『高松屋』を守り、さらに我が物にする。そのために誘いに乗ったのだな」

「はい」

与兵衛は虚《うつ》ろな目で答えた。

「光蔵はなぜ、店を燃やしたのだ？」

剣一郎はかねてからの疑問を口にした。

「わかりません。そんなことは何も言っていなかったんです。勝手に火をつけたんです」

「わけをきかなかったのか」

「旦那が倒れた拍子に行灯《あんどん》を倒した。止むを得なかったんだと言い訳をしていました」

「火をつける約束ではなかったのだな」

「はい」

あの火事は倒れた行灯の火が原因ではない。それだったら、すぐ消せるはずだ。やはり、光蔵がわざと火をつけたのだ。なんのためか。

「光蔵はどこにいる？」

「たぶん、『門倉屋』だと思います」

「『門倉屋』？　浜松町三丁目の『門倉屋』か」

「はい。商売が出来なくなって売りに出た店を、光蔵さんが買い求めたんです」

「なぜ、蠟燭問屋を？」

「私どもの邪魔をしないという約束でしたから」

「そうか。で、光蔵の通り名はなんという？」

「通り名ですか。そのまま光蔵です」

「ふたつ名だ。たとえば、白虎などと言う名を聞いたことはないか」

「いえ、聞いたことはありません」

「ない？　ほんとうか」

「はい」

「そうか。よし、連れて行け」

剣一郎は番人に命じ、与兵衛を仮牢に入れた。

「これから、『門倉屋』にひとをやって見張るんだ。踏み込むのはまだだ」

「わかりました。すぐ手配をいたします」

佐々木竜蔵が飛び出して行った。

入れ代わりに、植村京之進がおひさを連行して来た。

「ごくろう。ちょうど、終わったばかりだ」

剣一郎はおひさを取り調べた。

「おひさ。与兵衛がすべてを白状した。そなたも観念することだ」

「何のことやら、さっぱりわかりませんねえ」

おひさはとぼけた。

「光蔵という男に頼まれて、嘘の証言をして忠助を下手人に仕立てたこと、もはや明白だ。おひさ、観念して何もかも正直に言うんだ」

「正直も何も、私にはなんのことかさっぱりわかりません」

「与兵衛はすべて白状した」

「ですから、私は何も知らないんですよ。与兵衛がひとりでやったことではないんですか。私は関係ありません」

「今度は与兵衛に罪をなすりつけるのか」

「私には関係ないことです」

「情を通じた与兵衛をよくも裏切れるものよ。大工の留蔵に好きな女がいることを光蔵に知らせたな。光蔵が女を殺すなどと威して、留蔵に嘘の証言をさせた。違うか」

「何のことか、さっぱりわかりません」

「そうか。最後までしらを切る気か。そなたがいくらしらを切っても、光蔵とつるみ、太兵衛、大工の留蔵、そしておゆみの三人を殺した罪は明白だ」

「ご冗談を。太兵衛を殺したのは忠助じゃありませんか。お裁きが出ているのではありませんかえ」

そう言って、おひさはつんと横を向いた。

「おひさ。そなたたちに隠していたことがある」

剣一郎はおもむろに言った。

「じつは、忠助は生きている」

「えっ、なんですって」

おひさは不思議そうな顔をした。

「忠助ははめられた可能性があると考え、牢から出した。光蔵たちを油断させるために忠助を死んだことにしたのだ」

「そんな……」

おひさの顔面が蒼白になり、それまでの強がりから一転してわなわなと震えだした。

六

夕方、剣一郎は浜松町三丁目の『門倉屋』に行った。

『門倉屋』に近付いたとき、路地から文七と忠助が出て来た。

「ふたりとも、ごくろう」

剣一郎は声をかけた。

「青柳さま、申し訳ございません。白虎を尾行したのですが、神田明神《かんだみょうじん》で見失ってしまいました」

神谷町のおたみの長屋を訪ねた男とおたみが『門倉屋』に行った。そこから白虎が出て来たので尾行したと、文七が説明した。

「文七の尾行に気づいたのか」

「その前にあっしが尾行していて気づかれました」

忠助が口をはさんだ。

「忠助さんに代わって尾行したので用心をしながらつけたのですが、神田明神の境内に入ったあと裏門から立ち去ったようです」

「文七の尾行に気づくとは、白虎という男は只者ではないな」

剣一郎は気持ちを引き締めた。

「いずれにしろ、白虎を見つけただけでも成果だ」

「恐れ入ります」

ふたりは恐縮した。

「それから、おたみの長屋を訪ねた男があっしを鉄砲洲稲荷に誘き出した男です」

忠助が教えた。

「おそらく、その男が白虎とふたりでおゆみを殺し、太兵衛を殺したのであろう。さらに、大工の留蔵も」

「はい。許せません」

忠助が握った拳を震わせた。

「同心の佐々木竜蔵に会ったか」

「はい。『門倉屋』を囲んでいます。おひさと与兵衛が白状したそうですね」

「すべて白状した。白虎というふたつ名の男は光蔵と名乗っていたそうだ。白虎の光蔵だ。ただ、ふたりは白虎というふたつ名を知らなかった」

「そうですか」

忠助は小首を傾げた。

「今、『門倉屋』には白虎はいないんだな」

剣一郎は確かめた。

「ええ。出かけたきりです。まだ、帰って来ません。おたみはさっき、料理屋に行きました」

「そうか。では、一味のうち、『門倉屋』には白虎とおたみがいないというわけか。引き続き、白虎が引き上げて来るのを見張ってくれ」

「畏まりました」

ふたりに言い、剣一郎は佐々木竜蔵のところに行った。

竜蔵は『門倉屋』の斜《はす》向かいにある下駄屋の二階の部屋を探索のために借りていた。

手下の案内で、二階の小部屋に上がった。

「青柳さま。どうぞ」

竜蔵が窓際の場所を空けた。剣一郎は障子の隙間から外を見た。『門倉屋』の戸口がよく見える。

「いま中にいるのは主人の勘平と三十歳ぐらいの男、それに勘平の妻女らしい女の三人です。ここの下駄屋の主人にきくと、三十過ぎの目付きの鋭い男もよく見かけるそうです。その男が忠助が言っていた白虎という男だと思われます」

「うむ」

「ただ、白虎は出かけたまま、まだ帰って来ません。どういたしましょうか」

「白虎が帰って来るかどうか気になるが、もうしばらく待とう」

「はい」

剣一郎は白虎が尾行に気づいたことから、異変を察しているかもしれないという不安を持った。おゆみの死体が発見されたことも、白虎を用心深くさせているはずだ。『門倉屋』におたみを呼びつけたのも、今後の対策を練るためだったのかもしれない。だとしたら、ここにはもう戻って来ないかもしれない。

だが、もうしばらく待つことにした。

『門倉屋』から三十歳ぐらいの男が出て来て、雨戸を閉めはじめた。忠助を誘き出した男に違いない。

それから半刻ほど経ったが、白虎が戻ってくる気配はなかった。ひょっとしたら、『高松屋』のおひさと与兵衛がしょっぴかれたことを知ってしまった可能性もある。

「青柳さま。遊び人ふうの男が『門倉屋』の前に立ちました」

竜蔵の声に、剣一郎は外を覗いた。男が戸を叩いていた。

潜《くぐ》り戸から眠そうな目をした主人の勘平が出て来た。訪ねた男がすぐに引き返した。勘平の手に手紙が握られていた。

「あの男を捕まえるんだ」

剣一郎は叫ぶように言った。

「わかりました」

竜蔵が立ち上がり、梯子段《はしごだん》を下りて行った。引き続き剣一郎は『門倉屋』の様子に目を凝らした。

勘平は奥に引っ込んだ。

しばらくして、竜蔵が戻って来た。

「男は木挽町界隈の地回りでした。三十過ぎの目付きの鋭い男に金をもらって手紙を託されたそうです。いま、自身番に閉じこめていますが、男に嘘はないようです」

「手紙の中味は知らないのだな」

「はい」

「白虎が何かを知らせたのかもしれない。よし、踏み込む」

剣一郎は決断を下した。

竜蔵は再び階下に行き、外に飛び出した。

剣一郎も外に出た。

捕り方が『門倉屋』を囲んだ。庭にも捕り方が入り込み、裏口にも同心が待ち構えた。

「よし」

剣一郎の合図のもと、竜蔵が『門倉屋』の前に立った。

竜蔵が戸を叩く。その間に梯子を二階の窓に立てかけ、同心が上がって行った。

いくら戸を叩いても応答はなかった。竜蔵は蹴破《けやぶ》った。と、同時に庭から雨戸を外して屋内へ踏み込み、二階の窓からも捕り方がいっせいに突入した。

三人はあっけなく取り押さえられた。

三人を『三四の番屋』と呼ばれる大番屋に連行した。

そこの仮牢には、すでにおひさと与兵衛が捕らわれていた。

まず、三十歳ぐらいのちんまりした顔の男を筵に座らせ、京之進が尋問した。

「名前は？」

「千吉《せんきち》だ」

不貞腐《ふてくさ》れたように答えた。

「そのほう、『高松屋』の忠助を、母親の知り合いが待っていると嘘を言って鉄砲洲稲荷に誘き出したことがあるな」

京之進の追及に千吉は顔をそむけて、

「知らねえ」

と、とぼけた。

『高松屋』の内儀おひさ、番頭の与兵衛を知っているな」

「知りませんぜ」

ふてぶてしくしらを切る。

「ふたりはおまえをよく知っていると白状している」

「何かの間違いじゃございませんか」

「太兵衛の妾のおゆみを知っているな」

「いえ」

「では、『水月』のおたみという女中を知っているな」

「さあ」

「とぼけるのか」

京之進は口許を歪めてから、

「いまなら間に合う。ほんとうのことを言うのだ」

と、迫った。

「ほんとうも何も、俺には何のことかさっぱり」

「そうか」

京之進が剣一郎に目顔で確かめてから、

「忠助。これへ」

と、千吉の背後で控えていた忠助に声をかけた。

「はい」

忠助が近寄り、千吉の横に並んだ。

「忠助、この男の顔を見よ」

「畏まりました」

忠助は隣の千吉の顔を見た。

「千吉。顔を上げ、忠助に顔を見せるんだ」

「ちっ」

千吉は舌打ちして顔を上げた。そして、忠助の顔を見て、おやっというふうに小首を傾げた。

「千吉。見覚えはあるか」

京之進がきく。

「いや」

千吉はすぐにはぴんと来ないようだった。

「無理もない。髪型が違うと印象も変わるからな。忠助はどうだ、この男に見覚えがあるか」

「はい。私に近付いて来た男です。鉄砲洲稲荷に私を誘き出した男です」

「なに」

千吉は目を見開き、忠助の顔を凝視した。

あっと、千吉は声を上げた。

「千吉、気づいたか」

「どうして……」

千吉が唇をわななかせた。

「『高松屋』の忠助だ。おまえが太兵衛殺しの罪をなすりつけようとした忠助だ」

千吉は茫然《ぼうぜん》としている。

「忠助を誘き出したこと、認めるな」

「………」

「もはや、言い逃れは出来ぬ。さらに、忠助と出会ったという大工の留蔵を威し、嘘の証言をさせたあげく、口封じのために殺した。相違ないな」

「知らねえ」

「千吉」

剣一郎が口を入れた。

「この期に及んでしらを切ると、すべての罪をおまえひとりでかぶることになる。光蔵という男を知っているな」

「…………」

「あの夜、おまえと光蔵は神谷町でおゆみを殺し、床下に埋めたあと、芝口一丁目に行き、忠助が出て行ったあとの鍵のかかっていない裏口から『高松屋』に侵入した。そして、四つ近くになって、居間に押し入り、太兵衛を殺した」

千吉は口をぐっと噛みしめている。

「太兵衛を刺したのはおまえか。おまえが店に火を放ったのか」

「違う、俺じゃねえ」

「しらを切っても無駄だと言ったはずだ。おまえがおゆみを殺し、太兵衛を殺した。光蔵はその手伝いをした。直接手を下したのは千吉、おまえか」

「違う。俺じゃねえ。俺はただ頼まれて手伝っただけだ。留蔵を殺したのも光蔵。ほんとうだ」

「この場にいない光蔵にすべて罪を押しつける気か」

脇から、京之進が怒鳴った。

「違う。俺は光蔵に頼まれて手を貸しただけだ。みんな光蔵が考えたことだ」

「よし、千吉。ありのままを申してみよ」

剣一郎は静かに言った。

「光蔵は太兵衛に弱みを握られているみたいだった。だから、『門倉屋』の佐太郎を半殺しの目に遭わせろと命じられて、そのとおり佐太郎を襲った」

「おまえも加わったのか」

「頼まれて」

「その弱みとはなんだ？」

「わからねえ。教えてくれなかった」

「そうか。よし、続けろ」

「十月ごろ、太兵衛とおゆみという妾を殺すから手を貸してくれと、光蔵から言われた。光蔵は『高松屋』の内儀と番頭も手伝ってくれるから何の心配もないと言っていた」

「ふたりを殺すなら、おゆみの家に太兵衛がやって来たときにやれば面倒はなかったはずだ。なぜ、ふたりを別々に殺したんだ？」

「わからねえ。光蔵は太兵衛とおゆみ殺しは別の人間の仕業に見せたいからだと言っていた。だが、俺は納得いかなかった。それでも、光蔵の言うとおりにやった」

千吉の供述は、剣一郎が考えたこととほぼいっしょだった。ただ、実際に手を下したのは光蔵だと主張した。

その真剣な物言いは嘘とも思えず、第一、千吉には太兵衛を殺さねばならぬ理由はなかった。

「太兵衛を殺したあと、家に火をつけたのはなぜだ?」

「わからねえ。光蔵は殺したあと、何かを探して、手文庫や小机などを調べていた」

「何を探していたんだ?」

「光蔵は金だと言っていた。金は十両あった。それを奪ったあと、何を思ったのか、光蔵はいきなり火をつけたのだ」

「なぜ、火をつけたのかきいたか」

「夢中で火をつけてしまったと言っていた」

どうやら、千吉はほんとうのことを言っているようだ。

千吉の供述の中で重要なのは、光蔵が何かを探していたという事実だ。光蔵には太兵衛を殺すと同時に何かを探さねばならぬわけがあったのだ。

だから、おゆみまで殺さねばならない理由がありながら、太兵衛を殺すのは『高松屋』でなければならなかったのだ。

いったい、何を探していたのか。光蔵は何の秘密を太兵衛に握られていたのか。手文庫を探していたことから何かの証文かもしれない。その証文が明るみになれば、光蔵には大きな脅威となる。

そのようなものだったのかもしれない。

「光蔵はいま、どこにいる？」

「知らねえ」

「まだ、かばうのか」

「かばってなんかいねえ。ほんとうに知らないいんだ。あの男、実際、何を考えているかわからない」

千吉は首を横に振った。

「立ち寄りそうな場所は？」

「知らない。ほんとうだ。光蔵は『門倉屋』以外にもどこかに住む場所があったようだ。だが、それを俺たちには言わない。とにかく秘密の多い男だから」

「女のところか。おたみの？」

剣一郎は確かめた。

「おたみは俺の女だ」

千吉は憤然と言う。

「おまえの？　では、光蔵には他に女がいるのか」

「別の住まいっていうのが女のところかもしれない。いつだったか、出かける光蔵にどこへ行くのだときいたら、女のところだと言っていた」

「その女に心当たりはないか」

「ありません」

「勘平はどうだ？」

「知らないと思いますぜ」

「よし。勘平をこれへ」

剣一郎が言うと、番人は千吉を仮牢に連れて行き、代わりに勘平を連れて来た。

「勘平。いまの千吉の話、聞いていたな」

「はい」

勘平は眠そうな顔を上げた。

「光蔵の居場所に心当たりはないか」

「ありません。千吉が言ったように、あの男は自分のことは決して他人には話そうとしませんでしたから」

「だが、長年つきあっていれば、行動について何か気づくことがあったのではないか。何か思いだすことはないか」

「わかりません。あの男は尋常な性格じゃありません。我々には心を許しませんから」

「おまえたちはどういう関係なのだ？　いや、その前に、おまえたちの素性を確かめなければならぬ。『門倉屋』にいるが、商売に身が入っているようには思えぬ。もとの商人ではあるまい」

剣一郎は光蔵の行方を知りたいばかりに先走ったが、勘平の素性や光蔵との関係を確かめる必要があると思った。

「あっしと女房は道中師でした」

「なに、道中師？」

「へい。東海道、中山道《なかせんどう》などの旅人の金品を盗む生業《なりわい》ですよ。千吉は街道筋で掏摸《すり》を働いていた男です。光蔵はひとり働きの盗人でした。偶然に大井川《おおいがわ》の川止めで同じ宿に閉じこめられたんです。みな、仕事に失敗して行き詰まっていたんです。それで、四人で手を組もうということになってそれが縁で結びついたんですよ」

「で、江戸に出て来たのは？」

「今年のはじめに、代官所にも目をつけられはじめたんで、光蔵が江戸で一旗上げようって言い出して。あっしも若い頃、芝に住んでいたことがあったので、芝にやって来たんです」

「光蔵も江戸にいたことがあるのだな」

「そのようです」

「光蔵は白虎というふたつ名があるのか」

「白虎ですか。いえ」

「光蔵の口から白虎という言葉を聞いたことは？」

「ありません」

そこに、京之進がやって来た。

剣一郎は京之進のそばに行った。

「『門倉屋』の部屋を調べましたが、光蔵の行方の手掛かりになるようなものは一切ありませんでした」

一味を全員捕らえたというのに、肝心の光蔵の行方はわからぬままだった。

第四章　火付けの謎

一

翌日も朝から大番屋で、剣一郎は光蔵の行方の手掛かりを求めて取調べを続けた。

剣一郎は『高松屋』の内儀おひさを呼び出すように番人に命じた。

ここまででわかっていることは、光蔵は三十過ぎ。痩《や》せぎすで、頬がこけ、鋭い顔立ちの男で、かつて江戸に住んでいたことがあること。それと、偉そうな口調で、まるで身分のあるひとのようだったという『入船』の女将《おかみ》の証言だ。

白虎という呼び名は仲間の誰も知らないし、そういう通り名を持つ男に心当たりはないということ。つまり、白虎とは、太兵衛が忠助に話しただけなのだ。忠助ははっきり聞いたと言っているので、聞き間違いということはなかった。

大きな手掛かりとなりそうなのが、太兵衛を殺したあと、光蔵は部屋の中で何かを探していたという千吉の証言だ。

手紙、または証文など、光蔵にとって極めてまずいものを太兵衛が持っていた可能性が高い。光蔵は太兵衛に頭が上がらなかったという千吉の言葉からも、そのことは裏付けられる。

光蔵はそれを見つけ出せなかった。太兵衛はわからない場所に隠していたのだ。だから、火をつけたのだ。光蔵にとって、それを手に入れる必要はなかった。燃やしてしまえばよいのだ。

ただ、そこで疑問が残る。そんなに大事なものだったら、土蔵に隠していないかという考えを持たなかったのか。そう考えた節はない。土蔵にあると思えば、鍵を奪い、土蔵の中も探したはずだ。それをせず、光蔵は母屋《おもや》に火を放った。

探し物は居間など太兵衛の身近にあるものだったのに違いない。剣一郎がはたと思いだしたのが、船宿『入船』の女中の言葉だ。

「『高松屋』の内儀さんがお見えになり、途中でお酒を運んだときに、日記帳という言葉が聞こえました」

光蔵が日記帳と言ったという。それに対して、おひさが何と答えたかは、聞いていない。

おひさが連れて来られた。髪がほつれ、いっぺんに十も歳をとったかのように疲れ果てた顔をしている。

筵《むしろ》の上に腰を下ろすのを待って、剣一郎はきいた。

「そなたが木挽橋近くの船宿『入船』で光蔵と会ったとき、光蔵は日記帳のことを口にしたそうだな。覚えているか」

「はい。確かに、言ってました」

おひさは弱々しい声で答えた。

「日記帳とは誰のだ？」

「で、どうなのだ？」

「太兵衛が日記を書いているかときかれました」

「確かに、何か毎日書いているようだと答えました」

「そなたは、その日記帳を見たことはあるか」

「いえ、ありません」

「光蔵はそのことでさらに何かきいたか」

「日記帳はどこにあるのかときくので、太兵衛が自分の部屋に置いていると答えました」

「太兵衛を殺したあと、光蔵は日記帳を探したようだ。だが、見つからなかったのだ。どこに仕舞ってあったかわかるか」

「いえ、わかりません」

「太兵衛が日記帳をどこに仕舞うか見たことはないのだな」

「はい。たぶん、私にも見つからないような隠し場所があったのかもしれません」

もしかしたら、壁の内側に細工があって、物を隠せるような小さな空間を作ってあったのかもしれない。

日記帳はそこに隠してあった。だから、光蔵は探し出せなかったのだ。

「光蔵は太兵衛に弱みを握られていたようだ。それが何か、心当たりはあるか」

「いえ、わかりません」

そのことが日記帳に記されていた可能性がある。

「太兵衛はかつて光蔵を知っていたと思われる。何か心当たりはないか」

「わかりません」

「そなたは光蔵に会っても何も感じなかったのか」

「はい」

「わかった。よし、下がれ」

おひさはおぼつかない足取りで下がった。

「勘平をこれへ」

『門倉屋』の主人に納まった勘平はもともと道中師だったという。いま、奉行所を通して郡代屋敷に調査を申し入れてある。ほんとうに道中師だったのかの確認だ。

勘平が筵の上に座った。

「勘平、光蔵と出会った経緯をもう一度ききたい」

剣一郎は切り出した。

「光蔵はひとり働きの盗人で、大井川の川止めで同じ宿に閉じこめられたときに知り合ったということだったな」

「そのとおりで」

勘平は素直に答えた。

「光蔵は自分の過去について何も語らなかったのか」

「ええ、必要なこと以外、口をきかない陰気な男でした。ただ、いつも侍みたいに偉そうな態度でした」

「侍みたいだと？」

いや、ほんとうに光蔵は侍だったのかもしれない、と剣一郎は思った。

「江戸に出て来たのは、代官所に目をつけられたからだな」

「はい」

「江戸に出て来て、すぐに芝に住みはじめたのか」

「そうです。神明町に空き家があって、そこを借り受けました。昔、ここに住んでいたというと、すぐ信用してくれ、しもた屋を借りたんです」

「光蔵もそこに住んだのか」

「いえ、俺はいっしょに暮らすのは無理だから別に住まいを見つけると言って、築地《つきじ》南小田原町《みなみおだわらちょう》の長屋に住みはじめたんです」

「それが今年のはじめか」

「はい。江戸に来たのは一月半ばです。それからときたま光蔵が神明町にやって来て、仕事の相談をしました」

「仕事の相談とは、盗みのことだな」

「そうです」

「何度か、盗みを働いたのか」

「はい」

「押し入り先は誰が選ぶのだ?」

「光蔵です」

「何軒やった？」

「四軒です」

「場所は？」

「日本橋《にほんばし》から下谷《したや》にかけてです」

「詳しいことはいずれ訊ねる。『門倉屋』を手に入れたきっかけをきこうか」

「はい」

勘平は素直に頷いた。

「五月です。光蔵がやって来て、けちな盗みはもうやめだ。蠟燭問屋の『門倉屋』が手に入ることになったと、いきなり言い出したのです」

「手に入ることになったと？」

「『門倉屋』の主人の佐太郎の襲撃です。それで、千吉を手伝わせ、まんまと成功したのです。『高松屋』の主人の太兵衛が、私を浅草の蠟燭問屋の主人だと佐太郎に引き合わせ、店を譲ってもらったんです」

「金は太兵衛が出したのだな」

「そうです。あのまま、佐太郎が店を続けていたら、『高松屋』は相当な痛手を被《こうむ》るようになったはずです。それを考えたら、太兵衛には安いものだったと思います」

「そなたが『門倉屋』の主人になることに対して、光蔵は何も言わなかったのか」

「光蔵はそのことを望んでいなかったようです」

「望んでいない？　なぜだ？」

「わかりません。ただ、光蔵はひとりで勝手に何かをやってました。何か他の目的があったのかもしれません」

「他に目的か……」

それが何か。

何か気になる。胸騒ぎのように動悸がした。早く、光蔵を捕まえなければとんでもないことになる。そんな不安がした。

「おまえたちは光蔵に反発を覚えていたのではないのか。なのに、なぜ光蔵に従ったのだ？　利用されているだけだとは思わなかったのか」

「光蔵は頭が良くて間違いのない作戦を立てました。不気味でいけすかないが光蔵についていれば食いっぱぐれないと思っていました」

「何度もきいているが、光蔵のことで何か思い出すことはないか」

「いえ」

勘平は首を横に振った。

「あとを任す」

剣一郎は佐々木竜蔵に言った。

「では、おたみを調べます」

おたみはゆうべ、店が終わったあとに連行して来た。おたみが筵の上に座らせられた。

「おたみ。千吉とはどこで知り合ったのだ?」

竜蔵がきく。

「何度か、お店に来たんですよ」

おたみが答える。

「それから、外で会うようになったのか」

「そうです。帰るのを待ち伏せていて」

「おまえのほうも満更《まんざら》ではない気持ちだったのか」

竜蔵の声を聞きながら、剣一郎は大番屋を出た。

霜月《しもつき》も末になった。

川沿いの柳もすっかり葉を落としていた。いま、文七と忠助が下谷から本郷方面に、光蔵の行方を追って歩き回っている。

文七は神田明神でまかれたと言っていた。筋違橋《すじかいばし》を渡るまで気づかれた様子はないことから、光蔵は下谷、本郷方面に向かうつもりだったと考えたのだ。

光蔵はかつて江戸に住んでおり、そのとき太兵衛と顔見知りだった可能性が高い。だとしたら、光蔵は芝近辺に住んでいた可能性もある。

数年前というと、まだ先代が生きていたころだ。いや、先代は関係ない。あくまでも太兵衛だ。

光蔵と太兵衛は数年前に会っている。単なる知り合いではない。太兵衛は光蔵の弱みを握っているのだ。

『門倉屋』の佐太郎を襲わせるくらいだから、よほどの弱みだ。光蔵の一生を左右しかねないものだ。

太兵衛は今年になって、光蔵と芝で再会したのだ。どちらから声をかけたのか。おそらく、太兵衛のほうだ。

光蔵にしたら、太兵衛は会いたくなかった男だ。太兵衛は光蔵に会ったことを日記に記したのだ。

そのことを、光蔵に漏らした。いや、私が死んだら、日記帳がひと目に触れるようになっていると牽制《けんせい》したのかもしれない。

楓川のほとりに立つ。川の水は凍ったように流れが止まっている。

光蔵は太兵衛を殺し、日記帳を取り戻さなければならなかった。さらに、妾のおゆみに秘密を漏らしている可能性があった。だから、おゆみまで標的にしなければならなかったのだ。

事件の流れは摑めた。ただ、分からないのは光蔵の秘密だ。

いったい、過去に光蔵は何をしているのか。そのことをどうして太兵衛が知ったのか。

ふたりが知り合いだとしたら、やはり商売を通してであろう。光蔵はかつて『高松屋』の客だったのではないか。

北風が肌を刺すように冷たい。光蔵は『高松屋』の客だった。そのことに間違いないような気がしてきた。

剣一郎は大番屋に戻った。

佐々木竜蔵がおたみの取調べを続けている。

「もう一度きく。おまえは間夫の千吉に言われたとおりに証言しただけだと言うのか」

「そうです。別に、忠助というひとに恨みなんかありません。ただ、千吉さんに頼まれたからです」

「おまえが話したことで、忠助がどういうことになるかわかった上で嘘をついたのだな」

「そこまで深く考えてませんでした」

「おたみ。自分だけ逃れようたってだめだ。おまえは吟味与力の詮議の席で、嘘の証言をし、忠助を罪に陥《おとしい》れようとしたのだ。遠島《えんとう》は免《まぬか》れまい」

「遠島?」

おたみは悲鳴のような声を上げた。

「そうだ。おまえの嘘で、ひとりの男が死罪にされかかったのだ。立派な殺しだ。場合によっては獄門だ」

竜蔵が威した。

「違います。私は千吉さんに威されて嘘をついたんです。あのように、言わなければ私は千吉に何をされるかわからなかったんです」

「おたみ。見苦しいぞ。自分だけ、助かろうなんて汚い根性だ」

「ちくしょう」

おたみは顔を醜《みにく》く歪めた。

「ちょっといいか」

剣一郎は竜蔵に断った。

「はっ」

竜蔵が脇にどいた。

「おたみ。『水月』には『高松屋』の太兵衛も客で来ていたな」

「ええ、よく来てましたよ」

おたみは不貞腐《ふてくさ》れたように言う。

「千吉はひとりでお店にやって来たのか。連れはいたのか」

「光蔵さんといっしょですよ」

「光蔵と千吉が店にやって来たとき、太兵衛が来ていたかどうかわからないか」

「さあ」

「思い出すんだ」

「だって、『高松屋』の旦那の掛かりは私じゃありませんから」

「誰だ？」

「おそでさんですよ」

「おそでだな。よし、わかった」

尋問を切り上げ、竜蔵に代わった。

竜蔵は二、三質問しただけで、おたみの取調べを終えた。

剣一郎は千吉を呼んだ。

「おまえは光蔵といっしょに何度か『水月』に上がったのだな」

「そうです」

千吉はすっかり観念している。

「そのとき、太兵衛に会ったかどうか覚えているか」

「わかりません。ただ、最後に『水月』に行ったとき、厠《かわや》から戻った光蔵がとても怖い顔をしていたのを奇妙に思ったことがあります。それから、光蔵は二度と『水月』に足を向けなくなりました」

「それはいつだ？」

「三月ごろだったと思います」

「よし、わかった」

続いて、剣一郎は番頭の与兵衛を呼んだ。

「火事で、得意先の台帳は燃えてしまったと思うが、土蔵に控えは置いてあったのか」

「はい、ありました」

「数年前まで取引をしていたが、何らかの事情で取引のなくなった客のことを知りたい。控えを見れば、わかるか」

「はい。わかると思います」

「よし。これから『高松屋』に行き、調べてもらう。よいな」

「はい」

剣一郎は竜蔵にわけを話し、与兵衛を『高松屋』に連れて行くように頼んだ。

「畏まりました」

竜蔵が与兵衛を連れ出す準備をしている間に、剣一郎は先に大番屋を出た。

京橋を渡り、さらに芝口橋を渡り、『高松屋』の前を通り、神明町で飯倉神明宮のほうに折れた。

『水月』は昼時に近づき、徐々に客が増えていた。

女将が顔色を変えて出て来た。

「あの、おたみはどうなるのでしょうか」

「まだ、取調べの最中だ。忙しいところをすまないが、おそでという女中を呼んでもらいたい」

土間に立ったまま、剣一郎はきいた。

「おそでにまで何か」

女将は不安そうにきいた。

「おそでには教えてもらいたいことがあるのだ。心配ない」

「わかりました」

女将は通り掛かった若い女中に、おそでを呼ぶように命じた。

「『高松屋』の太兵衛もよく来ていたそうだな」

「はい。お得意さまといっしょにいらっしゃってくださいました」

「太兵衛が来たときは、おそでが相手をするのか」

「はい。ほとんどそうです」

そこに、二十五、六歳の女中がやって来た。

「おそで。青柳さまがききたいことがあるそうだ。ここへ」

女将は自分の横を指示した。

「はい」

緊張した面持《おもも》ちで、おそでは腰を下ろした。

「おそで。そなたは『高松屋』の太兵衛の馴染みだったそうだな」

「はい」

「この三月、太兵衛が何度、座敷に上がったか覚えているか」

「三月でございますか。毎月、二度か三度、いらっしゃいますから、そのときも二、三度では」

「はっきり覚えていないか」

「はい、申し訳ございません」

「その時いっしょに来た客はわからぬか」

剣一郎が知りたいのは同席した客の名だった。

「ひとりだけなら」

「誰だ？」

「はい。宇田川町の『丹下屋《たんげや》』の旦那でございます。雛《ひな》祭りの話をしていたので印象に残っていました」

「『丹下屋』というと？」

「紙問屋です。旦那は右衛門《うえもん》さんとおっしゃいます」

「あと、他にもよくいっしょに来ていた客がいれば教えてほしい」

念のために、そのほうの名前も聞いてから、剣一郎は『水月』の門を出た。

宇田川町の『丹下屋』はさっき通ったところにあった。

広い土間に入ると、番頭らしき男が飛んで来た。

「青柳さまで」

番頭が腰を折ってきく。

「うむ。『高松屋』の太兵衛のことで、主人の右衛門に会いたい」

「はい、少々お待ちを」

番頭は自ら主人を呼びに行った。

少し待たされてから、肥《ふと》った男が申し訳なさそうにやって来た。

「お待たせして申し訳ございません。右衛門にございます」

恐縮したように、右衛門が言い、

「どうぞ、お上がりください」

と、奥に案内しようとした。

「いや。すぐすむ」

剣一郎は断った。

「さようでございますか。『高松屋』の太兵衛さんのことだとか。太兵衛さんはとんだことでございました」

右衛門はしんみりした顔になった。

「今年の三月、太兵衛といっしょに『水月』に行ったそうだな」

「はい。確かに、行っておりますが」

右衛門は不安そうに剣一郎の顔色を窺《うかが》った。

「そこで、太兵衛は誰かに会わなかったか」

「ええ、確かに会いました」

右衛門はあっさり答えた。

「会ったか。で、どんな相手だったか覚えているか」

「はい。三十過ぎの痩せた男です。頬がこけて、目付きは鋭かったようです」

間違いない、光蔵だ。

「そのときの様子を教えてもらいたい」

「はい」

右衛門は頷いてから、思い出すようにちょっと目を上に上げた。

「私たちが引き上げようとして部屋を出たとき、廊下の奥にある厠から出て来たのが、いまお話しした男です。太兵衛さんはあっと小さく叫んで、それからすぐその男に近付いて行きました。それで、ふた言三言言葉を交わして、太兵衛さんは戻って来ました」

息継ぎをしてから、右衛門は続けた。

「私は、どなたですかときいたら、しばらくしてから、白虎だとぽつりと言ったんです」

「なに、白虎？」

「はい。私はきき返しました。白虎ってなんですかって。そしたら、四神《しじん》のひとつだと」

「四神のひとつとな」

四神は天の四方の神だ。東は青龍《せいりゅう》、西は白虎、南は朱雀、北は玄武《げんぶ》という守護神がいる。最近も、ある盗人が四人の子分を東西南北の地域に分けて縄張りとさせた。

だが、その盗人一味は潰滅している。それらとは無関係のはずだ。

やはり、白虎は太兵衛だけが使っている言葉のようだ。いったい、白虎とは何か。

方位が関係するとすれば西だ。西に何かあるのか。

まだまだ、光蔵のところまで遠い。そう思わざるを得なかった。

二

午後になって、剣一郎は奉行所に出た。

年番方与力詰所の隣にある小部屋で、宇野清左衛門と差し向かいになった。

これまでの経緯を語ってから。

「光蔵なる者の手掛かり、いまだ摑めませぬ」

と、剣一郎は無念の思いで言った。

「光蔵はすでに江戸を離れた可能性はないのか」

清左衛門が懸念を口にした。

「それはないと思います。勘平や千吉らの話を聞いていると、光蔵は江戸に目的があって舞い戻ったような気がします。ひとりで行動することが多く、その行動は勘平や千吉にも隠しています」

「いったい何をする気なのか」

清左衛門が顔をしかめた。

「宇野さまは白虎と名乗る者や一味、あるいは何かの暗号として使われているのをご存じありませぬか」

「白虎とな」

清左衛門は首をひねって考えていたが、

「聞いたことはないな」

と、ため息混じりに答えた。

「白虎がどうかしたのか」

「殺された太兵衛が光蔵のことを白虎と称していたのです。それを聞いたのがふたり」

忠助と『丹下屋』の右衛門が聞いた言葉だと話した。

「やはり、何かの一味かも知れぬな」

「ただ、白虎一味であることが光蔵の秘密とは考えられません。なにしろ、みな白虎のことは何も知らないのですから」

「そうだの。で、光蔵を探り出す手掛かりは何もないのか」

「光蔵はかつて江戸にいて太兵衛と顔見知りだったはずです。その後、何か問題があって江戸を逐電《ちくでん》した……」

そこまで言って、剣一郎はあっと気づいた。光蔵は元は侍だった可能性がある。数年前に取引のなくなった侍を調べればいいのだ。

「どうしたな?」

清左衛門が不思議そうに見た。

「宇野さま。早急に確かめたいことがあります。これで失礼いたします」

「うむ。成果を祈る」

清左衛門に一礼し、剣一郎は部屋を飛び出した。

奉行所を出て、『高松屋』に急いだ。

『高松屋』の新しい建物が完成しつつあるが、皮肉なことに、内儀も番頭も新しい店に入ることは出来なくなった。

いまは、叔父の作兵衛が出張って来て、『高松屋』の立て直しを図っていた。

剣一郎が仮の店に顔を出すと、作兵衛が忙しそうに手代たちを指図していた。

「青柳さま」

作兵衛が近寄って来た。

「たいへんだな」

「はい。いまは手代たちが頑張ってくれているのでなんとかやっていますが、この先のことを考えると暗い気持ちになります」

作兵衛は表情を曇らせた。

「そのことは私に考えがある。相談に乗らせてもらう」

「まことでございますか。青柳さまにそう言っていただくと心強い限りにございます」

「うむ。ところで、うちの佐々木竜蔵が与兵衛といっしょに来ているはずだが」

「はい。土蔵の中です」

「わかった」

剣一郎は土蔵に向かった。

扉の前に、佐々木竜蔵がいた。

「いま、中で与兵衛が台帳の洗い出しをやっています」

「そうか」

剣一郎は土蔵の入口に立った。必死の形相で、与兵衛が台帳に目を這《は》わせていた。

そして、取引が中断した客の名前を別の紙に書き出していた。

「与兵衛、どうだ?」

「はい。もう、終わります」

「すまぬが、侍には印をつけてくれぬか」

「お侍さまだけにですね。わかりました」

それからしばらくしてから、

「終わりました」

と、与兵衛は客の名前を書き記した紙を差し出した。

「うむ、ごくろう」

剣一郎は受け取って、さっそく印のついた名前に目をやった。数人いる。

どういう理由で取引がなくなったのかわからないが、この侍たちひとりひとりに当たっていくつもりだった。

ふと、ある名前のところで、剣一郎の目が止まった。

「これは……」

覚えず、剣一郎は息を呑んだ。

高月杢太郎とある。

「この高月杢太郎というのは？」

「旗本の高月杢太郎さまです」

「高月家とも取引があったのか」

「はい。高月家とは先代からのつきあいです。高月杢太郎さまは三年前、ひとを殺《あや》めて失踪し、自害したと聞いております」

李太郎が生きていたのでは……。その可能性を考えた。十分にあり得る。剣一郎はそう結論づけた。

「与兵衛。ごくろうだった」

剣一郎は佐々木竜蔵に大番屋に連れ戻すように言ってから、

「今夜、京之進とともに私の屋敷に来てくれ」

「はっ」

竜蔵を残し、あわただしく剣一郎は出て行った。


剣一郎は再び、奉行所に戻った。

宇野清左衛門に長谷川四郎兵衛を交え、さっきの部屋でふたりと向かい合った。

「青柳どの。ずいぶん手間取っているようではござらぬか」

いきなり、四郎兵衛が厭味《いやみ》を言った。

「いえ、光蔵の正体がわかりました」

事件の詳細は四郎兵衛にも伝わっているのだ。

「なに、わかったのか」

清左衛門が身を乗り出した。

「はい。光蔵は旗本の高月杢太郎ではないかと思われます」

「なにを申すか。高月杢太郎は死んでおるわい」

四郎兵衛が鼻で笑った。

「いえ、生きているやもしれませぬ」

剣一郎は四郎兵衛を哀れむように見た。

「いま、なんと申した？」

清左衛門がきき返した。

「箱根山中で自害していた武士は高月杢太郎ではない可能性があります」

「なんと」

清左衛門は目を見開き、口を半開きにしたまま、固まったように動かなくなった。

「青柳どの。気は確かか」

四郎兵衛は昂奮して言う。

「まず、聞いてください」

四郎兵衛をなだめてから、剣一郎は続けた。

「光蔵という名乗りは、美津どのの〝みつ〟をとったもの、白虎とは西丸の警護をする西丸書院番士を指しているのではありますまいか」

「こじつけだ」

四郎兵衛が吐き捨てる。

「旗本の高月家は『高松屋』から代々蠟燭を買い入れております。このことは『高松屋』の得意先台帳に記されておりますから間違いありません。つまり、『高松屋』の太兵衛は高月杢太郎と面識がありました。いや、ときには太兵衛が杢太郎を接待したりと、親密な関係だったと思われます」

四郎兵衛が何か口をはさみたいようだったが、剣一郎は構わず続けた。

「三年前の事件のことも、太兵衛は当然知っております。旗本の高月家は御家断絶し、『高松屋』とは縁が切れましたから。当然、杢太郎が箱根山中で自害していたという話は、太兵衛に伝わっていたはずです」

「そうだ。杢太郎は箱根山中で自害したのだ」

四郎兵衛は言い切った。

「その死体、ほんとうに高月杢太郎だったのでしょうか」

「青柳どの。杢太郎ではないとしたら、誰だというのだ?」

清左衛門がやっと声を出した。

「あの当時、どこかのご家中で、失踪した侍がいたのです。たとえばその者が自害した現場に、杢太郎は偶然に通りかかった。そこで、自分を死んだことにすることを思いついたのではないでしょうか」

だから、刀も羽織も印籠《いんろう》、財布などもすべて死体に持たせた。その死体が発見されたのはそれから二年近く経ってからだ。

「よろしいですか。白骨化した死体の身許は調べようもありません。杢太郎だという決め手は所持品だけだったのです。死体を入念に調べたわけではありません」

「だが、いまの話は青柳どのの勝手な想像であろう」

またも四郎兵衛が反論した。

「仰るとおり、私の想像に過ぎません。ただ、この想像が成り立つ可能性は十分にあり得ると思いませんか」

「想像はあくまでも想像だ」

「その想像の上に立って、事件を振り返ってみます」

剣一郎は清左衛門と四郎兵衛の顔を交互に見て続けた。

「この三月、太兵衛は『丹下屋』の右衛門といっしょに『水月』に行ったとき、ある男を見て驚いていたそうです。あとで、太兵衛は右衛門に白虎だと呟いたということです。このとき、太兵衛は光蔵と名を変えた高月杢太郎と出会ったのです。痩せて、大きく変貌を遂げていましたが、太兵衛には杢太郎だとわかったのです。太兵衛はその衝撃を日記に書き記しました」

だから、光蔵は太兵衛を殺し、日記帳を燃やすことで、自分の正体が暴かれる危険を排除したのだ。

もちろん、妾のおゆみにも話しているかもしれない。そう思い、おゆみまでも手にかけたのだ。

「杢太郎は自分が生きていることに気づいた太兵衛を殺したのです」

「しかし……」

四郎兵衛はあとの言葉が続かなかった。

「で、高月杢太郎の目的は?」

清左衛門が眉根《まゆね》を寄せてきいた。

「美津どのでありましょう」

「まさか」

清左衛門は唖然としたようだ。

「いえ、あの男の執念はすさまじいものがあるようです。美津どのを奪うために、江戸に舞い戻って来たのに違いありません」

「狂っている」

「そうです。狂っています。ですが、杢太郎は必ずや美津どのを襲うはずです」

「では、どうするのだ？」

四郎兵衛の声が震えた。

「美津どのの実家の周辺を警護いたします」

「さっそく美津どのにもこのことを伝えねば」

清左衛門は焦《あせ》ったように言った。

「宇野さま。もうしばらくお待ちを」

「待てというのは？」

「美津どのはようやく高月杢太郎の亡霊から解き放たれて、あらたな人生を歩まれようとしております。出来ることなら、そのまま穏やかな気持ちで嫁がせて差しあげたいのです」

剣一郎はこれ以上、美津を不安に陥れたくなかった。

「いや。知らせずにおいて万が一のことがあったらどうするのだ。知らせておき、ご自分でも用心をしていただくのだ」

四郎兵衛がいらだちを隠さず言う。

「どうか、しばらくのご猶予を」

剣一郎はなおも頼んだ。

「長谷川どの。ここは青柳どのの思うようにやっていただきませぬか」

清左衛門が助け船を出してくれた。

「わかり申した。なれど、いつまでも知らせぬままでいるのは危険だ。あと、三日、三日のうちに杢太郎を捕らえることが出来なければ、美津どのにも、再婚相手の幸田安右衛門どのにも正直に申し上げるのだ。よいか」

四郎兵衛は語気荒く言った。

「畏まりました」

たった三日かと剣一郎はため息をつきたくなったが、それまでに必ず杢太郎を捕まえてやる。美津に安心して嫁いでもらうために。

剣一郎はそう自分自身を鼓舞した。

その夜、剣一郎の屋敷に京之進と佐々木竜蔵が連れ立ってやって来た。

ふたりを前に、剣一郎は切り出した。

「光蔵とは旗本の高月杢太郎である可能性が高くなった」

「高月杢太郎？」

　ふたりはぴんとこないようだった。

「三年前まで西丸書院番士だった。当時二十九歳。三年前、高月杢太郎は朋輩の室田荘四郎の妻女美津に横恋慕したあげく、室田荘四郎を斬殺し、逐電した。その後、高月杢太郎は箱根山中で自害した。そう思われて来た。だが、高月杢太郎は生きていたのだ」

　ふたりは顔を見合わせた。

「光蔵こと杢太郎は美津どのを狙うはずだ。これから、我らは美津どのの実家の周囲を家人に気づかれぬように警護する」

「畏まりました」

「杢太郎の顔を知っているのは私の他は文七と忠助のふたりだけだ。ふたりの手を借り、杢太郎と対峙《たいじ》する」

「美津どのの実家はどちらですか」

「春日町《かすがちょう》だ」

「わかりました。では、さっそく今夜から」

京之進が立ち上がった。

「私も」

竜蔵も立ち上がった。

「行ってくれるか」

「はい」

「では、文七を供に」

剣一郎は立ち上がって障子を開けた。

寒い庭先に、文七と忠助が立っていた。

「文七、話は聞いたな」

「はい」

「私もごいっしょします」

忠助が訴えた。

「忠助は明日、わしとつきあってもらう。今夜はぐっすり休め」

「はい」

みなが引き上げてから、剣之助がやって来た。

「私もお役に立ちとうございます」

「うむ。だが、そなたは見習いとはいえ吟味方としての大事なお役目がある。ここは我らに任せておけ」

「はい」

剣之助は少し不満そうに答えた。

「いずれにしても、忠助の無実を見抜いたのは左門と剣之助のお手柄だ」

「いえ、忠助を牢から出すなどとは父上でなかったら叶わなかったこと」

「あと一歩だ。高月杢太郎を捕まえるまで気を緩めることは出来ぬ」

杢太郎。必ず見つけ出してやる。剣一郎は新たに闘志を漲《みなぎ》らせた。

三

本郷菊坂町《きくざかまち》の外れに空き家があった。ときたま、浮浪の輩《やから》が入り込んだりするので、戸口や窓に板を打ちつけて出入り出来ないようになっていた。

三カ月前からこのあばら家を借りている男がいた。廃屋なので、請人など関係なく、上州《じょうしゅう》から商売でやって来たという説明と三カ月分の店賃の前渡しであっさり貸してくれた。店賃といってもただみたいな額だ。

ふとんに火鉢、着替えなど最低限のものしか必要はなかった。

その日、男は早く目覚めた。いよいよ、明日だ。このために、きょうまで生き延びて来たのだ。明日、必ず決行する。

男は三十二歳。元西丸書院番士の高月杢太郎であった。

武士でいたころはもっと肥っていたが、この三年間でずいぶん痩せた。頬がこけ、人相も変わったと思っていた。

それなのに、『高松屋』の太兵衛に見破られたのだ。

あれは三月のはじめだった。飯倉神明宮の近くにある『水月』という料理屋でのことだ。厠から出たとき、前方の部屋から出て来たのが太兵衛だった。

しばらく見つめ合った末に、太兵衛が近付いて来て、小声で言った。

「高月さま。やはり、生きておられましたね」

その断定した言い方にとぼける余裕はなかった。

「箱根山中で自害されたと聞きましたが、あなたさまではないと信じておりました。私の勘が当たりました。誰にも申しません。一度、お店にいらしてください」

そう言い、太兵衛は引き上げて行った。

その後ろ姿を見送りながら、杢太郎は全身が震えていた。

数日後、杢太郎は『高松屋』の近くに行き、太兵衛が出て来るのを待って声をかけた。

汐留橋《しおどめばし》の袂まで行き、そこで改めて向かい合った。

「なぜ、江戸に戻られたのですか。もしや、まだあのお方のことが忘れられずに」

太兵衛はすっかり見通していた。

「そうなのですね。でしたら、私があのお方がどうしているか調べてみましょう」

「そなたが？　なぜ、そこまでしてくれるのだ？」

「いっしょに遊んだ仲ではありませんか。あの頃、よく呑みに行きました」

「そなたには馳走《ちそう》になった」

「まあ、そんな誼《よしみ》もございます。それに、いつか私のためにも力を貸していただけると助かります」

そんな話し合いをした数日後、当時、杢太郎がひとりで住んでいた築地南小田原町の長屋に太兵衛が訪ねてきた。

「いま、美津どのは室田家を出て春日町の実家に帰って来ているそうです。また、何かあったら、お知らせしますよ」

正体を知られているというだけで、喉元に匕首《あいくち》を突き付けられたような危うい日々を過ごさねばならなかった。もし、へたに太兵衛を怒らせたら、すぐに密告される。そんな危機感を覚えた。

それでも、杢太郎は美津に会いに春日町に行った。美津の実家は五百石の旗本であり、屋敷にいる美津をなかなか見ることは出来なかった。

杢太郎が太兵衛に頼まれたのは五月だった。

「浜松町三丁目に数年前から店を出した蠟燭問屋の『門倉屋』が『高松屋』の客を奪っているのです。このままでは根こそぎ、客をとられかねません。あなたさまのお力で主人の佐太郎を二度と商売の出来ない体にして欲しいのです」

頼みというより、命令だ。太兵衛は、杢太郎と会ったことを誰にも言ってはいないが、日記には記したと言った。絶対にひと目に触れないから心配ないというが、杢太郎には日記に何と書いてあるのか不安だった。

太兵衛に首根っこを押さえられたようなものだ。このままでは太兵衛の言いなりになるしかない。いつか太兵衛を始末する。そのことを胸に秘めながら、太兵衛の言いなりになった。

ただ、太兵衛は『門倉屋』の佐太郎を半殺しの目に遭わせたあと、『門倉屋』を二束三文で買い取ったのだ。そして、『門倉屋』を杢太郎に報酬として与えてくれたのだ。

李太郎はその店を勘平夫婦と千吉に任せた。美津を奪い返す使命のためには身軽でいたかった。

勘平夫婦と千吉は大井川の川止めのとき、宿で出会ったときからのつきあいだ。いよいよ、太兵衛を殺すと決めたとき、千吉にも手伝わせた。太兵衛殺しに踏み切ったきっかけは、太兵衛の妻女のおひさと番頭の与兵衛が出来ていることを知ったからだ。腹違いの弟に罪をかぶせようとふたりに話を持ちかけた。実際に手を下すのはこっちがやるということで、ふたりはふたつ返事で請け合った。

もうひとつのきっかけは、美津に対して行動を起こすときが来たからだ。それまで、太兵衛は美津のことをすべて調べてくれた。

その中で衝撃的な知らせは、美津が再婚するという話だった。しかも、再婚相手は上役だった書院番組頭の幸田安右衛門だという。

その前に、美津を奪わねばならない。その企みを成功させるためにも、秘密を知っている太兵衛は邪魔だった。

太兵衛殺しは足がついた。妾のおゆみの死体が見つかったときから覚悟をしていた。案の定、最初におひさと与兵衛が連行され、続いて『門倉屋』が急襲を受け、勘平たちが捕まった。

だが、そんなことは構わない。所詮、仲間というほどのつきあいではない。また、そこから自分のことがわかるはずはない。

俺の目的はあくまでも美津だ、と李太郎は口許を歪めた。

本郷菊坂町に住まいを見つけたのは春日町の美津の実家に近いからだ。ただ、美津はあまり外に出なかった。また、いつ外に出るかも決まっていない。

「では、行ってきやす」

鉄次《てつじ》が声をかけた。残虐な人間の割に、穏やかな顔をした男だ。こういう使いには打ってつけだ。

「頼んだぜ」

「へい」

美津のかどわかしを成功させるために、李太郎は金で無頼《ぶらい》な男たち三人を雇った。三人とも、下谷界隈でゆすり、たかりなどをして毛嫌いされている連中だった。

その中で、いかにも善人そうな顔をしているのが鉄次だった。こういうときは重宝だ。

あとのふたり、六助《ろくすけ》と伊佐治《いさじ》は体が大きく、肩の筋肉が盛り上がっている。ふたりは一時、駕籠かきをやっていたのだ。

手筈《てはず》は万全だった。あとは、美津を誘き出すだけだ。

美津を奪ったあと、李太郎にはもうひとつの目的があった。青痣与力こと青柳剣一郎の命を奪うことだ。

三年前、室田荘四郎の屋敷に忍び込み、荘四郎を斬り捨て、美津を奪って逃走しようとしたのを邪魔したのが青柳剣一郎だった。

たまたま、屋敷の前を通りかかったあの男が飛び込んできて、すべてをぶち壊したのだ。おかげで、俺はそのまま江戸を離れなければならなかった、と李太郎はいまでも胸をかきむしりたくなる。

あてもなく逃げ回り、箱根に至って一時は自分も死のうとした。そのとき、たまたますれ違った武士が李太郎に背格好が似ていた。そのとき、身代わりを思いついたのだ。

李太郎はその侍を連れが向こうで苦しんでいる、手を貸して欲しいといって谷のほうに誘い、ふいを襲って背後から首を絞めた。

ぐったりした侍の羽織、刀や印籠など、すべてを自分のものと取り替え、脇差《わきざし》を握らせて切腹したように見せかけた。

時間が経って、死体が腐乱すれば持ち物から高月杢太郎の死骸だと思われる。そう計算した。

結果は二年ぐらい死体が見つからなかった。死体は白骨化していたらしい。ようやく、自分の死が公《おおやけ》に認められたことで、江戸に舞い戻る決心をしたのだ。

それまでの二年間、杢太郎は東海道の宿場町や農村で強盗を働いていた。ひとを何人斬ったかわからない。

いつか、美津を迎えに行く。その思いだけで過ごして来たのだ。

美津は美しい女だった。美津が室田荘四郎に嫁するとは心外だった。西丸書院番士は仲間内だけで白虎党と称して結束が固かった。仲間意識の強かったぶん、ひとりが抜け駆けしたのが許せなかった。白虎党のひとりに嫁いだことが不幸のはじまりだった。もし、まったく違うお役の人間のところに行っていたら、泣くだけで耐えたかもしれない。

美津は人妻になって色気が出てさらに美しさを増した。よけいに、荘四郎の妻でいることが許せなかった。

荘四郎の屋敷に行くと、美津は歓待してくれた。俺のことがほんとうは好きだったのではないか。そう思わせるほどの美津の仕種《しぐさ》だった。杢太郎は荘四郎の留守を狙って押しかけるようになった。

だんだん、美津の態度が変わって来た。露骨《ろこつ》に眉をひそめるようになった。これは、陰で荘四郎が何かを言っているからだ。荘四郎がうるさいから美津は心ならずも自分に冷たい態度をとるのだと、杢太郎は思った。

美津を荘四郎から助け出さなければならない。そういう止《や》むに止まれぬ思いから屋敷に行ったのだ。

邪魔な荘四郎を斬り、もう少しで美津を助けてあげられるところだった。それを青柳剣一郎が邪魔をしたのだ。

この恨みは忘れない。美津を奪ったあと、青柳剣一郎を襲う。そこまでしなければ、自分の気持ちは収まらないのだ。

戸口に物音がした。

やがて、鉄次が顔を出した。

「兄き。無事、言づけてきたぜ。言われたとおり、南町の青柳剣一郎の使いだと言ったら、一瞬表情を輝かせて、必ず明日のお昼までに菩提寺《ぼだいじ》にお伺いしますと言っていた」

「そうか。ご苦労だった」

李太郎はにんまりした。

「兄き。それにしてもいい女ですねえ」

「よけいなことは考えなくともよい」

李太郎は不快そうに言った。

「へい」

鉄次は畏まってから、

「六助と伊佐治は?」

「駕籠を取りにいった」

「そうですかえ」

以前に働いていた駕籠屋に、古くなって使わなくなった駕籠があった。それを借りに行ったのだ。

しばらくして、ふたりが戻ってきた。

「裏に持って来ました」

「縄は用意したか」

「へい。だいじょうぶです」

「もう一度、明日の手筈を言う。駕籠は山門の中に入れておく。そして、美津が山門をくぐったところで猿ぐつわをして縛り上げ、駕籠に乗せる。駕籠は千駄木《せんだぎ》を目指せ」

「へい。わかりやした」

「よし」

そう言い、杢太郎は立ち上がった。

「ちょっと出て来る」

「へい」

三人が杢太郎を見送った。

外に出ると、無意識のうちに左右を眺め、それから武家地に入って美津の実家に向かった。

そのとき、前方に八丁堀の同心らしい巻き羽織に着流しの侍を見た。杢太郎は引き返した。

それから、遠回りをして水戸家の上屋敷のほうから春日町に入った。町人地を抜けて、美津の屋敷の近くにやって来た。

すると、岡っ引きらしい男が屋敷の裏手にいた。

杢太郎は自分でも恐ろしい形相になるのがわかった。

「ばかな」

覚えず叫んだ。

すぐに引き返した。

隠れ家に戻り、鉄次を呼んだ。

「何か」

「美津の屋敷の周囲に妙な人間がいる。気がつかなかったか」

「妙な人間？　そう言えば、岡っ引きを見ました」

「つけられなかったか」

「ええ。兄きに言われたように遠回りをしてから帰ってきました。だいじょうぶです」

「そうか。屋敷の周辺に同心や岡っ引きがいる」

「えっ」

「ちょっと気になることがある。もう一度、出かけて来る。おめえたちも外に出るときは十分に気をつけて行動しろ」

「へい」

杢太郎は外に出た。

八丁堀の動きが怪しい。なぜ、美津の屋敷の近くにいるのだ。光蔵の正体がばれたとは思えない。だが、相手は青痣与力だ。

まず、青痣与力を探すのだ。青痣与力の動きを見なければ、と李太郎は焦った。

本郷通りに出たとき、湯島《ゆしま》のほうから煙草《たばこ》売りの男が歩いて来るのを見た。たちまち、一昨日に煙草売りの男につけられたことを思い出した。

李太郎は路地に隠れた。そして、煙草売りの男が行き過ぎるのを待った。行き過ぎたら、念のためにあとをつけるのだ。

煙草売りが目の前を通る。李太郎はその男の顔を見て目を剝《む》いた。

「忠助……」

そんなばかな。忠助は牢内で急死したのではないか。おひさと与兵衛が青痣与力から聞いたと言っていたのだ。

あっと、李太郎は小さく叫んだ。

ふたりは青痣与力から聞いている。まさか、偽りだったのか。

頭の整理がつかないまま、李太郎は忠助のあとをつけた。

本郷三丁目で左に折れた。春日町に向かっている。美津の実家に近づいたとき、青柳剣一郎の姿を見た。

もはや、間違いない。青痣与力は光蔵が李太郎であることを悟ったのだ。さらに、意図を察し、美津の警護に当たりながら、李太郎が現れるのを待っているのだ。

計画を練り直さねばならない。李太郎は隠れ家に急いだ。

三人はでかけたようだった。

李太郎は二階の部屋に行った。押し入れから布に包んであった刀を取り出した。箱根山中で殺した若侍の差料だ。

刀を抜く。手入れをしてきたのでぴかぴかだ。窓から射す陽光を照り返す。

やはり、俺のことはばれてしまったようだと、李太郎はため息をついた。さすが、青痣与力だ。

青痣与力が美津の実家を訪ねれば、偽《にせ》の使いだったことがたちまちばれてしまう。もう、いまごろは明らかになっているかもしれない。

それより、青痣与力のことだ。美津の実家の近くに隠れ家があると目をつけるに違いない。ここは空き家だった。もっとも目をつけられやすい。

美津を奪い、どこか遠い土地で暮らす。その夢がついえたことを悟らねばならない。残された道は美津を殺して、自分も死ぬことだけだ。

そのことだけに目を向けよう。そう決心すると、かえってすっきりして元気が出て来た。美津といっしょに死ねるのだ。こんな仕合わせなことはない。

明日、美津が誘き出された寺に、青痣与力は捕り方を集結させるだろう。だが、それは無駄足というものだ。

その間に、俺は屋敷に忍び込む。そして、美津を殺す。そう思ったが、青痣与力のことだ。この隠れ家を見つけるかもしれない。いや、見つけるはずだ。

別の手立てを考えなくてはならぬ。李太郎は白刃《はくじん》を見つめていた。

四

その頃、剣一郎は春日町の周辺を歩き回ってから、美津の実家に近づいた。

屋敷を見張っている京之進に声をかけた。

「変わったことはないか」

「はい。ありません」

「屋敷を訪れた者は？」

「朝の四つ（午前十時）ごろ、二十五、六の奉公人ふうの男が門番に声をかけてから中に入って行きました」

「奉公人ふう？」

「紺の股引《ももひ》きに着物を尻端折《しりっぱしょ》りしてました」

「そうか」

剣一郎は誰に用があったのか確かめたかったが、美津に事情を悟られてしまう。

杢太郎がやってくれば、この警戒に気づくに違いない。不用意に近づけないから何かの手段で美津を誘き出そうとするだろう。

「訪問者には気をつけろ」

剣一郎は注意を与えた。

そこに、煙草売りの恰好をした忠助がやって来た。

「ごくろう。まだ、動きはない」

「では、私はもうひとまわりしてきます」

忠助が去って行った。

文七がやって来た。

「青柳さま。菊坂町の空き家に借りてがついて三カ月前から三十過ぎの痩せた男が住んでいるということです」

「匂うな。よし、遠くから見てみよう」

「はい」

文七とともに、剣一郎は本郷菊坂町に向かった。

杢太郎が美津を狙うなら、近くに隠れ家を設けて見張りをするはずだと睨《にら》み、文七に調べさせたのだ。

菊坂町にやって来た。

「あれですね」

文七が前方に見える古い家を指さした。

静かだ。窓にもひとの姿はない。外出している可能性がある。

剣一郎はその家の向かいにある乾物屋に入った。

「向かいの家のことできききたい」

小肥りの内儀に声をかけた。

「はい」

内儀は好奇心に満ちた目を向けた。

「住んでいるのはどんな人間だ?」

「一番の兄きぶんらしいひとは三十過ぎの頬のこけた男です。ちょっと不気味な感じのひとですよ」

「他にもいるのか」

「あと、二十五、六歳の男が三人いて、出たり入ったりしています。上州から江戸に仕事に来たと大家さんが言ってましたが、そうは見えなかったですねえ」

「いまは出かけているようだな」

「ええ、さっき、兄きぶんの男が帰って来たんですけど、すぐ出かけて行きました。あとの三人はまだ帰っていないみたいですよ」

「わかった。邪魔をした」

乾物屋の前を離れた。

「裏にまわってみよう」

剣一郎は数軒先の路地から裏手に出た。さっきの隠れ家の裏手に行き、おやっと思った。妙なものが置いてあった。

筵をかぶせてあるが、駕籠であることはすぐわかる。

「なぜ、駕籠があるんでしょうか。まさか、若い連中が駕籠かきってことはないでしょうし」

「そうか」

剣一郎は気がついた。

「美津どのを連れ去るための駕籠に違いない」

「なんと」

文七は呆気《あつけ》にとられた。

「すまぬが、京之進を呼んで来てくれ」

「へい」

文七が着物の裾《すそ》をつまんで走って行った。

もはや、ここが李太郎の隠れ家であることは疑いようもなかった。新たに仲間を三人雇ったようだ。

京之進がやって来た。

「やっ、駕籠ですね」

京之進が駕籠に近寄った。

「美津どのを連れ去るためのものに違いない」

「いかがいたしましょうか」

「李太郎が帰るのを待つのだ。帰って来たら踏み込む」

「はっ、畏まりました。では、すぐ手配を」

京之進は引き返して行った。

しばらくして、京之進が戻って来た。

「この家の周囲を囲みました」

「よし。文七は本郷通りのほうで見張るんだ。京之進はここに」

文七は通りのほうに走って行った。剣一郎は京之進とともに裏口に残った。

陽が傾いて来た。だんだん寒くなった。さらに、辺りは暗くなって来た。

「帰って来ませんね」

京之進が焦《じ》れたように言う。

やがて、暮六つの鐘が鳴りはじめた。

鐘が鳴り終えたと同時に部屋の中に人声がした。

「帰って来たか」

覚えず、剣一郎が言う。

窓に灯が射した。行灯《あんどん》に火が入ったようだ。

岡っ引きの与吉がやって来た。

「帰って来たのは三人です。杢太郎らしき男はいません」

「わかった。引き続き、表を見張れ」

　京之進が与吉に命じた。

「杢太郎はどこに行っているんでしょうか」

　京之進がきく。

「呑みに行っているとは思えぬが……」

　剣一郎も気になった。

　さらに半刻経ったが、まだ杢太郎は帰って来ない。

　そのとき、家の中が騒々しくなった。誰かが喚《わめ》いている。

「何かあったのでしょうか」

　京之進が緊張した声を出した。

「杢太郎がいつ帰って来てもいいように外に見張りを残し、表から踏み込め。私はここで待ち構える」

「はっ」

　京之進が表にまわった。

　しばらくして、表戸が開く音がした。どたばたと梯子段《はしごだん》を踏む足音と悲鳴が聞こえた。裏口から誰かが飛び出して来た。

「待て」

剣一郎が立ちふさがった。

「なんでえ、俺たちが何をしたって言うんだ?」

男が声を震わせて叫んだ。

「何もなければ逃げる必要はあるまい。中に戻れ」

剣一郎は男に迫った。

男は家の中に後退《あとずさ》った。

居間に、三人の男が取り押さえられた。

「高月杢太郎はどこだ?」

剣一郎は三人にきいた。

「そんな男、知らねえ」

「光蔵と名乗っているか。それとも……」

「兄きなら、どこかへ行っちまった」

「どこかだと?」

「そうだ。どこだか、知らねえ」

「とぼけるな」

京之進が一喝する。

「ほんとうだ。帰って来たらいなかったんだ。帰りが遅いから二階の兄きの部屋に行ったら刀がなくなっていた」

「なに、刀がないだと?」

「そうだ。刀を持って出かけたんだ。それだけじゃねえ。十両ずつ、三つ置いてあった。おれたちへの分け前だ。兄きはここにはもう帰って来ねえ」

剣一郎は焦りを覚えた。

「おまえの名は?」

「鉄次です」

「そっちは?」

「六助」

「伊佐治」

三人は名乗った。鉄次は細身の柔らかい顔立ちで、六助と伊佐治はたくましい体をしている。

「おまえたちは何をしようとしていた?」

剣一郎は問い詰める。

「別に」

「あの駕籠は何に使うつもりだったのだ？」

「俺たちはまた駕籠かきをやろうと思ったんですよ」

六助が答えた。

「そうだ。駕籠かきをやるつもりだった」

伊佐治も答える。

「嘘つくんじゃない。じゃあ、あの駕籠はどこで手に入れた？」

「………」

「盗んで来たか」

「違う、借りて来たんだ」

「何に使うためだ？」

剣一郎が問い詰める。

「女をかどわかすためだな」

三人ははっとしたようだ。

「兄きぶんの男に頼まれて女をかどわかそうとしたな。正直に言わないと、兄きぶんと同罪になる。よくて遠島だ」

「げっ」

三人は飛び上がりそうになった。

「さあ、言うんだ」

「明日、美津という女を菩提寺に呼び出して、そこから駕籠に乗せて千駄木まで連れて行くことになってました」

「呼び出す？」

「へえ。青柳さまの使いと言って騙《だま》しました」

「あっ、おまえか。あの屋敷を訪れたのは？」

京之進が鉄次を見た。

「へい」

「あっしたちはただ金で雇われただけなんです。どうか、お許しを」

六助が頭を下げると、伊佐治もいっしょになって訴える。

「兄きぶんの行き先にまったく心当たりはないのか」

「ありません」

「兄きぶんの部屋は二階か」

「そうです」

剣一郎は梯子段を駆け上がった。

杢太郎の荷物を見る。荷物らしいものは何もない。替えの着物や帯に足袋《たび》、それに財布や煙草入れがきれいに整頓されて置いてあった。

京之進が上がって来た。

「杢太郎は我らがここを見つけ出すことを察して逃げたようだ」

剣一郎は無念そうに言う。

「なぜ、金を置いて行ったのでしょうか」

財布の中には、五十両の金があった。

「杢太郎には不要の金なのだ」

「と、言いますと?」

「我らにここを見つけられると思ったときに、美津どのを連れ去るのを諦めたのだ」

「では、このまま逃亡を?」

「いや。違う。美津どのを殺し、自分もいっしょに果てるつもりなのだ」

そのような真似はさせない、と剣一郎は言う。

「青柳さま。あれを」

床の間に白い紙切れがあった。京之進がその紙切れをとった。

「あっ、青柳さま。これを」

京之進が紙切れを見せた。

――青痣与力、何度も邪魔をされた恨みを晴らす。今宵《こよい》、五つ半、茅町《かやちょう》二丁目、弁財天の裏手を正面に見る場所で待つ。ひとりで来るべし。高月杢太郎

「これは?」

京之進が顔色を変えた。

「そうか。杢太郎は俺の姿を見て、自分の正体がばれたことを悟ったのだな」

「すぐ、手配を」

「待て。ひとりで行く」

「でも」

「心配するな。念のため、美津どのの実家の警護は怠《おこた》らぬように」

剣一郎はひとりで杢太郎の隠れ家を出た。

本郷通りを突っ切り、加賀前田《かがまえだ》家の横の坂道を上がり、そのまま加賀前田家の塀沿いに道を折れて、眼下に不忍池《しのばずのいけ》の暗がりを目にとらえながらまっすぐ茅町二丁目にやって来た。そして、池の辺に出て、弁財天の裏手が正面に見える場所に移動した。

月はなく、辺りは真っ暗だ。かなたに池之端の料理屋や出合茶屋の灯が輝いている。

風が冷たい。だが、寒さは感じなかった。

ふと、前方に黒い影が見えた。

黒い布で顔を覆った侍だ。

「青痣与力か」

「いかにも。高月杢太郎、これ以上の罪を犯すことなく縛《ばく》に就《つ》くのだ」

剣一郎は説き伏せようとした。

「いまさら、話すことはない」

杢太郎は抜刀した。

剣一郎も剣を抜いた。山城守国清《やましろのかみくにきよ》銘の新刀上作である。杢太郎は正眼《せいがん》に構えた。

江戸柳生《やぎゅう》の新陰流《しんかげりゅう》の皆伝をとった剣一郎もやや半身になって正眼に構えた。斬ってはならぬ、と剣一郎は自分に言い聞かせた。

間合いが詰まった。裂帛《れっぱく》の気合で、相手が上段から踏み込んで来た。剣一郎も地を蹴《の》った。

激しく剣がぶつかりあった。鍔迫《つばぜ》り合いから、さっと相手は後ろに飛び退き、今度は左足を後ろに引いて下段正眼に構えをとった。

剣一郎は正眼に構えた。じりじり相手が間合いを詰めて来る。鍔迫り合いのときから、剣一郎は違和感を覚えていた。

何かが違う。まさか、と他のことに心が奪われた一瞬の隙をついて、相手が跳躍するように上段から斬りつけた。剣一郎は相手の脇をすり抜けるように踏み込んだ。

剣一郎の体の動きのほうが早かった。相手の剣が振り下ろされたとき、剣一郎の剣は相手の脾腹《ひばら》を峰で打っていた。

李太郎は数歩歩き、腹を押さえて片膝をついた。さっきの違和感の正体に気づいた。三年前に立ち合ったときと太刀筋《たちすじ》が違うのだ。

剣一郎は刀を鞘《さや》に納め、すぐに李太郎に駆け寄った。前にまわり、覆面を剝《は》いだ。顎《あご》の長い顔が現れた。浪人だ。

「やはり、別人か」

剣一郎は呻《うめ》くように言った。

「きさま、なぜ、このような真似を？」

「金で頼まれたのだ。青痣与力と立ち合えと」

「しまった」

剣一郎は天を仰いだ。

提灯の灯が近づいて来た。

「青柳さま」

京之進だった。

「京之進、謀《はか》られた。杢太郎ではなかった」

「なんですって」

京之進は驚いて提灯の灯を侍に向けた。

「京之進、あとを頼んだ」

言うや否や、剣一郎は来た道を戻った。

「美津どの。ご無事で」

内心で叫びながら、剣一郎は闇の中を駆けた。

五

美津の実家の警備は厳重だったが、暗闇に紛れ、杢太郎は塀際までやって来た。塀の内側に松の樹が見える。

縄を取り出した。縄の先に結んだ鉤《かぎ》を松の枝に投げる。失敗してかたんという音がした。手元に鉤を引き寄せ、もう一度投げる。

三度目に枝に引っかかった。縄を引き、手応えを確かめてから、縄を摑み、足を塀に掛けてよじ登った。

ようやく、塀の上に上がり、庭に飛び下りた。もう二度と、この塀を乗り越えて外に出ることはない。

植込みの中を縫い、母屋に向かう。どこに美津がいるかわからないが、そんなことは関係なかった。邪魔するものは斬って斬って斬りまくって美津のところに辿《たど》り着けばいいのだ。

生きて帰るつもりはない。美津を殺し、自分も死ぬのだ。そうすれば、永遠に美津は自分のものだ。

李太郎は庭をつっきり、廊下の雨戸に辿り着いた。小柄《こづか》を取り出し、雨戸の敷居に差込み、雨戸を浮かして外した。

廊下に上がったとき、女の悲鳴が上がった。女中のようだ。

腰を抜かした女中の顔に、李太郎は切っ先を突き付けた。

「美津はどこだ？　言え」

口をわななかせ、女中は言葉を発せられない。

「言わぬなら斬る」

剣を突こうとしたとき、背後から怒声が聞こえた。

「曲者《くせもの》」

家来の若党や中間たちが庭先に駆けつけた。

杢太郎は廊下に仁王立ちになり、

「命が惜しくない奴はかかって来い」

と、大声を張り上げた。

家来たちは足が竦《すく》んだように身動き出来ない。杢太郎は冷たい笑みを浮かべ、

「そこから動くな。動いたら命がないと思え」

と威し、女中のほうに顔を向けた。

「美津のところに案内せい」

改めて刃を突き付けた。女中は気を失ったようだ。

杢太郎は舌打ちして、

「美津どの。どこでござるか。美津どの」

杢太郎は叫びながら襖を開けた。十畳の間には誰もいない。さらに、隣の部屋に向

から。その部屋から明かりが漏れていた。

「美津どの。高月杢太郎が迎えに来ましたぞ」

そう叫びながら、杢太郎は襖を開けた。部屋の真ん中に、女が端然と座っていた。

「おお、美津どの」

杢太郎は近づこうとしたとき、美津の口から鋭い声が発せられた。

「それ以上、一歩たりとも入ってはなりませぬ」

「何を言うか。私だ。高月杢太郎だ。そなたを迎えに来た」

「偽りを」

「なに？」

「高月杢太郎さまは三年前に箱根山中にて自害して果てたはず。あなたが高月さまであるはずはありません」

「あれは私ではない。相良《さがら》藩士の藤瀬《ふじせ》とかいう侍だ。私と背格好が似ていたので、私の身代わりにしたのだ。美津どの。高月杢太郎はこうしてぴんぴんしている。さあ、私といっしょに行こう、さあ」

「動いてはなりませぬ」

座ったまま、美津は毅然《きぜん》とした態度を崩さなかった。

「美津どの」

「まことの高月杢太郎であるなら、我が夫の仇」

「そなたは、荘四郎なんかの妻になる女ではなかったのだ。私の妻になれば、このようなことにならなかった」

杢太郎の胸の奥底からふつふつと怒りやいらだちのようなものが沸き起こってきた。

「美津どの」

杢太郎は口調を変えた。

「こうなったらそなたを殺して、私も死ぬしかない。いっしょにあの世とやらに……」

杢太郎は剣を構え、美津に突進しようとしたとき、

「待ちなさい」

という鋭い声とともに襖が開き、若い武士が現れた。

「高月さま。見苦しい真似はおやめなさい」

「なんだ、貴様は？」

「私は南町奉行所の青柳剣之助です」

「青柳……。ひょっとして、青痣与力の？」

「そうです。青柳剣一郎は私の父です」

いつの間にか、剣之助は美津を背中にかばうように立っていた。

「なぜ、ここに？」

「美津さまの使いが我が屋敷に来ました。父から呼び出されているが、ほんとうかどうかと。その話を受け、私は父に確かめるべく、こちらへやって来たのです。すると、父は高月杢太郎に呼び出されたと聞きました。『高松屋』の忠助の呼出しも嘘だった。そう思い、すべてを疑った結果、あなたの企みが想像でき、お屋敷に入れてもらったのです」

剣之助は気負うことなく説明した。

「三年前もそなたの父に邪魔をされた。今度は、倅《せがれ》か」

杢太郎は怒りから声を震わせた。

「美津さまには指一本触れさせませぬ。私も殺生はしたくありませぬ。どうぞ、お諦めください。ご観念くだされ」

剣之助がなだめるように言う。

「俺を破滅に追い込んだ青柳父子。許せぬ」

杢太郎は剣之助に斬りつけた。剣之助は脇差を抜いて杢太郎の剣を弾いた。

「おやめなさい」

剣之助の鋭い声と同時に複数の足音が近づいて来た。

現れたのは佐々木竜蔵という同心だった。騒ぎを聞きつけ駆けつけたのだろう。

「高月杢太郎、もう逃れられぬ。神妙にせい」

佐々木竜蔵が十手を突き付けた。

「もはや、これまで」

杢太郎は剣を自分の腹に突き刺そうとした。だが、いつ迫ったのか、手首を剣之助に摑まれた。

「離せ」

杢太郎は叫んだ。

「死なせはしません。あなたには罪を語る責任がございます」

剣之助は杢太郎を押さえつけたまま言う。

「武士の情けだ。死なせてくれ」

「あなたはもはや武士ではありませぬ」

剣之助の言葉に、杢太郎は目の前が真っ暗になるほどの衝撃を受けた。

剣之助が剣を奪った。佐々木竜蔵が杢太郎に縄をかけた。

茅町二丁目から剣一郎が美津の実家に駆けつけたとき、後ろ手に縛られた杢太郎が佐々木竜蔵に連行されるところだった。

「青柳さま。剣之助さまのおかげです」

佐々木竜蔵が剣一郎に言った。

「剣之助が来ているのか」

なぜ剣之助がと、剣一郎は不思議に思った。

杢太郎が虚《うつ》ろな目で剣一郎を見た。

「無念だ。今度はおぬしの伜に邪魔をされた」

「ひとつ、ききたい。白虎とは何か」

「俺たち西丸書院番士の親しい仲間内でつけた名だ。西を守護するから白虎党だと、最初に言い出したのが『高松屋』の太兵衛だ」

「なに、太兵衛が？」

「料理屋で呑んでいるとき、太兵衛がそう言っていた」

「そうか。わかった」

本太郎は悄然《しょうぜん》とした姿で連行されて行った。

それを見送ってから、剣一郎は美津の実家の門をくぐった。

ちょうど、玄関から剣之助が出て来たところだった。

「父上、出過ぎた真似をいたしました。申し訳ございません」

剣之助が謝った。

「いや。よくやった。それにしても、どうしてここに」

「それは私から」

「美津どの」

軽く会釈をしてから、美津は剣一郎に話した。

「今朝方、青柳さまの使いという者が見えて、明日池之端七軒町の寺まで来て欲しいという言伝てを持って来ました」

その使いに立ったのは鉄次だ。

「じつは、最近、屋敷の周囲を妙な男がうろついていると聞いておりました。そんな折りに青柳さまの使いです。どうしようか迷ったのですが、使いがほんとうかどうか、確かめさせたのです。そしたら、青柳さまはお留守だということでした」

「そのことを聞いたとき、父上に確かめなければならないと思い、こちらで佐々木さまにお会いしたら、父上は杢太郎に呼ばれて茅町まで行ったといい、美津さまへの使いも嘘だったとわかりました。父上を呼出したのも偽りの可能性があると思ったとき、この間に杢太郎は屋敷に忍び込む気ではないかと考え、思い切って美津さまを訪ねたのでございます」

「そうであったか。よく機転が利いた。褒めてとらす」

剣一郎は伜を誉めたたえてから、美津に顔を向けた。

「美津どの。お心を乱すようなことになって申し訳ない。高月杢太郎が生きていたこと、さぞ驚かれたであろう」

「はい。ただ、あのお方なら、あり得ることだと思いました」

「杢太郎の悪巧《わるだく》みのせいで、行方不明とされた武士がいるということだ」

「そのことですが、箱根山中の身代わり死体は相良藩士の藤瀬という侍だそうです」

美津が言う。

「それはほんとうですか」

「はい。高月さまが得意気に喋っていました」

「すぐ、問い合わせをしてみよう。遺族は困っているに違いない」

そう言ってから、剣一郎は改まり、

「美津どの。これで晴れて嫁ぐことが出来ましょう。どうぞ、お仕合わせに」

「はい」

美津は剣一郎に熱い眼差しを向けた。剣一郎も覚えず見返した。

剣之助の視線に気づいて、あわてて、

「では、改めて参ります。今夜はこれにて」

と、逃げるように屋敷を出た。

剣之助は何も言わずについてきた。

六

十二月二十一日、今日と明日は飯倉神明宮の年の市である。

注連《しめ》飾りやその他、正月の飾り、什器《じゅうき》などの店が立ち、賑《にぎ》やかだ。

『高松屋』の店も仕上がった。これまで、太兵衛の叔父にあたる作兵衛が店をなんとか切り盛りしてきたが、作兵衛は尾張町で瀬戸物屋をやっており、いつまでも自分の店を放りっぱなしに出来ない。そこで、『高松屋』を忠助に任せることになった。

腹違いとはいえ、忠助は太兵衛の弟である。先代の血を引いているわけで、何ら問題はなかった。

忠助はいったん小伝馬町の牢内に戻された。病気が快復したという理由だった。そして、改めてお奉行のお白州で、無罪放免を告げられた。

いまは、晴れて自由の身であり、『高松屋』を引き受けることになった。だが、いかんせん、忠助も商売を知らない。

そこで、剣一郎が一肌脱ぐことになった。

剣一郎は忠助を伴い、金杉橋を目指した。

『門倉屋』の元の主人佐太郎の家にやって来た。格子戸を開けて訪問を告げると、いつぞやの暗い感じの妻女が出て来た。生活に困窮しているという印象だ。

「佐太郎に会いたい」

庭にまわっていいかときく前に、奥から足を引きずりながら佐太郎が出て来た。

「青柳さま。どうぞ、お上がりを」

佐太郎が言った。

「歩けるようになったのか」

「はい。なんとか、足を引きずりながらなら。そろそろ働かなければと思いましてね。貯《たくわ》えも底をつきそうなんですよ」

佐太郎は自嘲ぎみに言ってから、

「さあ、どうぞ」

と、上がるように勧めた。

小部屋に通され、佐太郎と向かいあった。佐太郎は横に足を投げ出している。

「こんな恰好で失礼します」

佐太郎が無礼を詫びた。

「佐太郎。この男は今度『高松屋』の主人になった忠助だ。亡くなった太兵衛の腹違いの弟だ」

「忠助でございます」

忠助が頭を下げた。

「佐太郎です。『高松屋』さんもたいへんでございましたね」

佐太郎は同情するように言った。

「じつは、忠助がそなたに頼みがあるそうだ。聞いてやってもらいたい」

「私にですか」

佐太郎は不思議そうな顔をした。

妻女が茶を運んで来てくれた。

「どうぞ」

湯呑みを置いて下がろうとする妻女を、

「どうぞ、おかみさんもごいっしょにお聞きください」

と、忠助が声をかけた。

「はい」

妻女は訝しげな顔で佐太郎の隣に腰を下ろした。

「忠助。さあ」

剣一郎が促す。

忠助は頭を下げてから口を開いた。

「私は『高松屋』を任されたものの、この商売にはまったくのしろうとでございます。それでお願いというのは、失礼ではございますが、佐太郎さんに私を助けていただけないかと思いまして」

「助ける？」

佐太郎がきき返した。

「はい。『高松屋』の番頭として来ていただけないかと」

「………」

「どうだ、佐太郎。忠助を助けてやってくれないか。それは、そなたはまがりなりにも『門倉屋』の主人だった男。いまさら、番頭などやれるかという気持ちもあろう」

「とんでもない。『門倉屋』と『高松屋』じゃ、比べ物になりません。でも」

「でも、なんだ?」

「ごらんのように、私はこんな体。満足に歩けません」

「そんなことはまったく問題ありません。外を出回るのは私がやります。佐太郎さんには帳簿づけやいろいろお店の差配などをしていただければ」

「おまえさん、いいお話じゃありませんか」

妻女が佐太郎に言った。

「私にはもったいない話でございます。こんな私でもよろしいのでしょうか」

佐太郎が忠助にきいた。

「もちろんです。私が商売を覚えたら、佐太郎さんには『門倉屋』をもう一度興《おこ》してもらおうと思っています。『門倉屋』と『高松屋』がいい関係で商売をやっていけるようにしたいと思っています」

「忠助さん。もったいない」

佐太郎は頭を下げた。

「ありがとうございます。これで、私たちも救われます。どうか、よろしくお願いします。このひとにもう一度生きがいを与えてやってくださいまし」

妻女が畳に額をつけて、涙ながらに訴えた。

「佐太郎さん。おかみさん。では、承知してくださるんですね」

忠助は喜んだ。

「よかった。では、私は先に引き上げる。あとは、そなたたちで」

剣一郎は立ち上がった。

「青柳さま。ありがとうございました」

忠助が見送りに出ようとするのを制し、剣一郎は部屋を出た。

格子戸の外まで見送りに出て来た妻女が、

「青柳さま。ありがとうございました」

と、涙声で言った。

「忠助も苦労人だ。助けてやってくれ」

「ほんと言いますと、無事に年を越せるかどうかと真剣に悩んでおりました」

「ばかなことを考えるではない。どんなにつらくとも耐えればきっといいことがあるものだ」

「はい、身に沁みてございます」

「うむ。では」

妻女に見送られ、剣一郎は東海道を戻った。

きのう奉行所に相良藩から早飛脚が届いた。藤瀬浩太郎《こうたろう》は藩の金を五十両持って江戸の上屋敷に向かう途中に行方を晦《くら》ました。金を持って逐電したとして、藤瀬家は断絶になり、家族は親戚にお預けの身になっていた。このたび、箱根山中で殺されていたことがわかり、ただちに名誉を回復し、藤瀬家を再興することになったという内容だった。

神明町に差しかかると、注連飾りを持ったひとが歩いていた。年の市の帰りだ。今年もあと僅《わず》かだ。

今度の件では、剣之助に助けられた。正月は剣之助と大いに酒を酌《く》み交わそうと思った。

一〇〇字書評

白　牙

切・り・取・り・線

購買動機（新聞、雑誌名を記入するか、あるいは○をつけてください）

□（　　　　　　　　　　　　　　　）の広告を見て
□（　　　　　　　　　　　　　　　）の書評を見て
□ 知人のすすめで　　　　　□ タイトルに惹かれて
□ カバーが良かったから　　□ 内容が面白そうだから
□ 好きな作家だから　　　　□ 好きな分野の本だから

・最近、最も感銘を受けた作品名をお書き下さい

・あなたのお好きな作家名をお書き下さい

・その他、ご要望がありましたらお書き下さい

住所	〒				
氏名		職業		年齢	
Eメール	※携帯には配信できません	新刊情報等のメール配信を 希望する・しない			

この本の感想を、編集部までお寄せいただけたらありがたく存じます。今後の企画の参考にさせていただきます。Eメールでも結構です。

いただいた「一〇〇字書評」は、新聞・雑誌等に紹介させていただくことがあります。その場合はお礼として特製図書カードを差し上げます。

前ページの原稿用紙に書評をお書きの上、切り取り、左記までお送り下さい。宛先の住所は不要です。

なお、ご記入いただいたお名前、ご住所等は、書評紹介の事前了解、謝礼のお届けのためだけに利用し、そのほかの目的のために利用することはありません。

〒一〇一－八七〇一
祥伝社文庫編集長　坂口芳和
電話　〇三（三二六五）二〇八〇

祥伝社ホームページの「ブックレビュー」からも、書き込めます。
http://www.shodensha.co.jp/bookreview/

祥伝社文庫

白《びゃく》牙《が》　風烈廻《ふうれつまわ》り与力《よりき》・青柳剣一郎《あおやぎけんいちろう》

平成25年4月20日　初版第1刷発行

著　者　小杉健治《こすぎけんじ》
発行者　竹内和芳
発行所　祥伝社《しょうでんしゃ》
東京都千代田区神田神保町3-3
〒101-8701
電話　03（3265）2081（販売部）
電話　03（3265）2080（編集部）
電話　03（3265）3622（業務部）
http://www.shodensha.co.jp/
印刷所　堀内印刷
製本所　関川製本
カバーフォーマットデザイン　中原達治

 ISBN978-4-396-33836-7 C0193